講談社文庫

白《びゃく》魔《ま》のクリスマス

薬師寺涼子の怪奇事件簿

田中芳樹

講談社

目次

口絵・本文イラスト　垣野内成美

白魔《びやくま》のクリスマス

薬師寺涼子の怪奇事件簿

第一章　カジノは招くよ

I

雪の冠《かんむり》をいただいた山々の間に、白い墓標が乱立している。偏見かもしれないが、私の目にはそう見えた。二十世紀の後期、隆盛をきわめたスキーリゾートの現在の姿である。墓標と見えるのは、大量に建てられたリゾートマンションだ。

一時は二万人近い人々が、居住あるいは長期滞在していたそうだが、現在は五百人そこそこだという。泡沫《バブル》経済崩壊とともに、スキーブームも終わりを告げ、マンションのオーナーたちの足もすっかり遠のいた。マンションの部屋は、あるいは安値でたたき売られ、あるいは放置されて、夜ともなれば窓にともる灯《あかり》は、ひと棟に片手の指でたりる。

「ゴーストタウンですねえ」

私は本心を口にした。私の上司は、おもしろくもなさそうに横目で私をにらむと、小さく伸びをした。

「まだ完全にゴーストにはなっちゃいないわよ。雪質はいいし、東京からは新幹線で二時間かからないし、外国人の観光客はふえる一方だし……再生の芽は充分にあったわけ」

私の上司は二十七歳の女性で、身分は警視庁刑事部参事官、階級は警視。茶色の髪を短めにした美女で、フランス人形のように端麗《たんれい》な顔だちだが、両眼は戦闘的な光に満ちている。古くさい表現をすれば、「才色兼備」だが、財力までプラスされていた。日本有数の大企業「ＪＡＣＥＳ《ジャセス》」のオーナーのご令嬢で、彼女自身も大株主であるのだ。ＪＡＣＥＳグループの株価総額は十兆円をかるくこえ、彼女の個人資産は——ばかばかしいから、やめておこう。おおかた私の二万倍くらいだろう。

かくいう私は、警視庁刑事部参事官付《つき》の警部補で、年齢は三十三歳。年下の女性上司にこき使われる身だ。

そうそう、忘れるところだった。私の姓名は泉田準一郎《いずみだじゅんいちろう》、上司は薬師寺涼子《やくしじりょうこ》というが、別名は「ドラよけお涼」という。「ドラよけ」とは、「ドラキュラもよけて通る」

という意味で、彼女の性格および言動を察するのに充分だ。

私たちは新潟県にある水沢《みずさわ》駅の新幹線のホームにたたずんでいた。警視庁の管轄範囲外である。出張ではない。上司の個人的旅行の、おとも兼見張り役である。有給休暇をとって、いや、とらされてのことだ。有給休暇はたっぷりあまっているし、刑事部長はジキジキに私を呼びつけてのたまわった。

「いいかね、泉田警部補、今回のことを単なる有給休暇と思っちゃいかんぞ。君には、だあいじな役目があるのだ。刑事部の安泰と日本国の平和は、ヒトエに君の双肩《そうけん》にかかっとる。忘れぬようにな」

だったら特別ボーナスぐらい出してもらいたいものだ。エリート官僚という手合《てあい》は、自分の手を汚さないことばかり考えている。

いまさらながら、にがにがしい気分で、私はプラットホームの周囲を見まわした。どこか中国の山水画を思わせる、無彩色の風景。この風景の五分の一くらいは、ＪＡＣＥＳの所有物件のはずである。スキー場に、温泉つきホテルに、マンションその他。ここが衰微すればＪＡＣＥＳグループのお荷物になる、と思いきや、税金対策になっていて、痛くもかゆくもないそうだ。貧乏刑事には理解不能な社会の現実である。

「おそい！」

突然、上司が強い声を出した。私は質問した。

「何がおそいんです？」

「きまってるでしょ、迎えがよ」

上司も私も、もちろん冬のコートを着ているが、寒い中で迎えを待つのは楽しいことではない。私としては官舎でコタツにもぐりこんで、鍋焼きウドンでも食しながらミステリードラマをながめていたいところだった。

それが上司に強要され、この十二月二十四日夜に開所式がおこなわれる「統合型《I》リゾート《R》」にオトモさせられているのである。

私たちは改札口を出た。

「外国人が多いですね」

「何たって、『国家戦略特区』だもん。外国人を呼びこんで外貨をかせがないとね」

涼子の声には、冷笑のひびきがあらわだった。

「うまくいきますかね」

「官僚や軍人って種族はね、自分たちの樹《た》てた計画は、百パーセントうまくいく、と思うものなのよ。だとしたら、戦争に負ける国は歴史上、存在しないはずだけどさ」

「そうですね」

私がうなずいたとき、一台のベンツが近づいてくるのが見えた。

「お嬢さま、遅れまして申しわけございません。何とぞお赦《ゆる》しのほどを」

「いいわよ、荷物をトランクにお願いね」

平身低頭する運転手にオウヨウに応じて、涼子は私をしたがえて後部座席に乗りこんだ。スノータイヤをつけたベンツは、すぐに出発する。

駅からは見えなかったが、高層マンションの谷間に、けっこうな広さの窪地《くぼち》があって、公共の広場になっていた。全盛期には、アイドルグループのコンサートやらパフォーマンス団体のショーやらがあって、若者たちの熱気で雪がとけるとまでいわれた。それも、いまは昔の物語である。

そのゴーストタウンが、このたび、めでたくよみがえるのだ。いや、断定してよいものかどうか、涼子はあからさまに否定しているが、彼女の想定のほうが、はずれるかもしれない。

クリスマス・イヴにスキーにいくからついてきなさい、といわれたとき、私はスナオにしたがわなかった。寝正月にそなえて、翻訳《ほんやく》ミステリーを買いこんでいたところだったからだ。しかし、ワガママな上司は、それを許さなかった。まあ私も悪いのだ。シブシブイヤイヤながら、結局ついてきたのだから。

「いよいよ始まるのかあ」

涼子がブーツの爪先で前席を蹴《け》った。

「スキー場の再建がですか」

「スキー場をふくむ国際リゾートの誕生ってわけよ」

「はあ」

「スキー場に温泉、テーマパークにカジノ、冬にかぎらず夏も千客万来ってわけ」

「カジノもですか」

「そう、カジノもよ」

涼子は、形のいい鼻先で笑ったようだ。

「利権あらそいが、すごいことになるでしょうね。政財官界の人脈、金脈いりみだれて、ドロ沼の抗争が期待できるわ、楽しみだことね」

「そのドロ沼に、ＪＡＣＥＳも足をつっこむんですか」

涼子は小首をかしげた。

「うーん、表現がむずかしいな。足をつっこむことはつっこむけど、ひっかきまわしておいて、逃げ出すタイミングがむずかしいわね」

「逃げ出す……ということは、本気で参入はしないんですね」

涼子は、長いみごとな脚を、勢いよく組みかえた。

「カッコつけるだけよ。どうせ最後は、首相のオトモダチが勝つに決まってるからね」

首相は、人事でも政策でも、エコヒイキで知られている。金銭がからめば汚職になるような決定を、これまで何度もやってきた。欧米のメディアからは「独裁者気どりのウルトラナショナリスト」と評価されている。日本国民の人気は、賛否半々というところだが、はっきりいって私はきらいである。

涼子も首相が大きらいで、自室ではダーツの的《まと》にしているくらいである。彼女にいわせると、「日本を滅ぼすために地獄から送りこまれてきた下級悪魔」なんだそうだ。

車は五分ほどで、私たちの宿である「翠月荘《すいげつそう》」に着いた。

「ホテル翠月荘」は、水沢でもとくに格式の高い宿だそうで、和風の建築物だった。ＩＲの他のエリアとは、ブナの森で隔離されている。旧来の温泉街とも一線を画《かく》して、孤高のオモムキだ。むろん、というべきか、ＪＡＣＥＳグループの一社である。

「客室の数は十四だけ」

なんて話を聞くと、どうやって利益をあげるのか、私なんかは不思議に思うのだが、簡単なことで、宿泊料が高いのである。ひとりあたり一泊十万円なのだ。

薬師寺涼子にはふさわしくても、私なんかにはとんでもない不相応である。十四畳の主室に四畳の前室、広縁《ひろえん》、トイレ、洗面室、脱衣室、個室ごとの浴室――ときたもんだ。私は普通のホテルのシングルルームで充分なのだが。

涼子の部屋は、廊下ひとつへだてて対面《トイメン》にある。私が彼女のキャリーバッグを置きにいくと、さっそく命令が飛んだ。

「午後四時にはスキーを終えて旅館に帰る。温泉に浸《つ》かって、七時からはパーティー。いいわね」

「波乱万丈のスケジュールですね」

「文句ある？」

「いえ、全然、まったく」

「だったら、さっさと準備おし」

涼子はクリーム色のハイネックセーター姿で、キャリーバッグを開けはじめた。と、若々しく可憐《かれん》な声がはじけた。

「ミレディ！」

涼子をそう呼ぶのは、世界でふたりだけだ。フランス人のメイド、マリアンヌとリュシエンヌ。マリアンヌは黒い髪と瞳に小麦色の肌、リュシエンヌは金髪碧眼《へきがん》に雪白《せっぱく》の肌。いずれ劣らぬ美少女で、涼子に対して絶対的な忠誠を誓《ちか》っている。

II

リュシエンヌとマリアンヌも来ていたのか！

私は、いやな気分になった。誤解されるとこまるが、私は彼女たちをきらっているわけではない。けっして、そんなことはない。ただ、涼子とマリアンヌとリュシエンヌが三人そろうと、ほぼ百パーセントの確率で、奇妙かつ怪異な事件が発生し、私はそれに巻きこまれるのだ。

マリアンヌとリュシエンヌは、メイドとしても優秀だが、じつはそれ以上に卓絶した技術を持っている。何の技術？　そのうちわかるだろう。

冠雪《かんせつ》した山々が窓外にせまっている。太平洋側と日本海側をへだてる分水嶺《ぶんすいれい》だ。私はすこし心配になった。

「このあたり、地震はないんでしょうね」

これは愚問だった。日本で地震のないところなんて存在しない。涼子はべつに笑いはしなかった。

「地震は観測史上、一度もおこっていない。すくなくとも公式記録ではね」

「だからカジノを建てたんでしょう？」

「表向きの理由のひとつね」

涼子は座卓の上に置かれたアラレをつまんで、口に放りこんだ。かたいアラレをかみくだく音が、何やら爽快《そうかい》である。

「裏にまわれば、いろんな事情があるのよ」

リュシエンヌがお茶を淹《い》れてくれる。オウヨウに茶碗《ちゃわん》をつかんで口につける涼子の動作は、むしろ男性的だが、それでいて優雅《ゆうが》だ。

「このへん一帯は東京の重要な水源地なのよ。ところが近ごろ、中国やアメリカの企業が、水源林を買収しまくってるといわれてて、それをふせぐという意味もあるわけ」

「はあ」

そう聴くと、「国家戦略特区」の意味もわかるような気が、しないでもない。

「他にも水源林を買いしめる気ですか」

「むりね。日本全国、所有者不明の土地は、全部まとめると、九州より広くなるんだから」

「ほんとですか!?」

「国土全体の一割以上が、持ち主がわからないのよ」

「都市部の空家《あきや》問題は知ってましたけどねえ」

私は思いおこした。私の住んでいる官舎から最寄《もよ》りの駅まで徒歩十分だが、その途次にも一ダースぐらいの空家がある。

「権力者が好きかってに処分しても、いいかもしれない。人口減少で、そのうち日本は空地と廃屋《はいおく》だらけになるんだしね」

好きかって、という言いかたはともかく、空地や廃屋はお役所がきちんと処理したほうがいいだろう。災害がおこったときの責任問題もあるし、廃屋は反社会勢力のアジトになりかねない。

「で、このあたりの土地は所有者がわかってたんですか」

森林組合だろう、と涼子は答えた。

「毛手木《もてぎ》議員の領地みたいなもんよ」

「……選挙区ですか」

「そうともいう」

私は肩をすくめた。

「だったらお殿様におまかせしましょうよ。領地も職務も、全部まかせて、東京に引きあげませんか」

「君、毛手木からカネでも借りてるの？」

「まさか。口をきいたこともありませんよ」

「だったら、べつに逃げ出すこともないじゃないの」

「ああいう種族には近づきたくないんです」

「近づく必要はないでしょ。遠くから石をぶつけてやればいいの」

毛手木は首相にこびへつらって内閣官房副長官になったことで有名な男だ。首相の愛犬の散歩係までしたといわれる。私はべつに迷惑をこうむったわけではないが、生理的にいやなのである。

涼子は、というと、けっして他人にこびへつらわない。一見そう思われるときは、相手をたたきつぶすための演技だ。こわい女《ひと》だ。

「統合リゾート《IR》施設には、あなた個人は投資しないんですか」

「興味ないわね」

「なぜです？」

「ああ、あたしはこの真っ白な手を汚したくないの。国家戦略特区の正体がトバク場だなんて、笑わせてくれるじゃないの。市民をギャンブル依存症にしたてて政府が稼ごうなんて、暴力団以下だわよ。そこまであたしが堕《お》ちてるなんて、君、思ってるの？」

「お、思いません。思っていません」

あわてて私が頭を横に振ると、涼子はニヤリと笑って、残りの茶をひと口にあおった。

「ああ、リュシエンヌ、おかわりはいいわ。これからスキー場にいくから、あなたたちも用意おし」

私にはフランス語はよくわからないが、そんな意味のことだろう。

「で、あなたは、ＩＲの失敗をお望みなんですか」

「あたしは、どっちでもいいのよ」

「どうしてです？」

「もしカジノが繁栄して、ギャンブル依存症患者が増えたら、日本の社会は、いま以上に荒廃するわよねえ」

「ですね」

「一方、もしカジノに客が来なければ、他人の不幸の上に繁栄するつもりだったカネの亡者《もうじゃ》どもが大損をする。すてきじゃない」

「やつらが大損をするのは勝手ですが、その前に、カジノで破産した人たちを救済しなきゃなりませんよ」

「救済の必要なんてない！」

涼子は声を高くした。

「いかなきゃいいのよ」

「そりゃそうですが……」

涼子は乱暴に茶椀を座卓に置いた。

「カジノは賭博《とばく》。トバクは胴元がかならず利益をあげるシステムになってるの。何千年も昔からね。そんなことは、みんな知ってる。知ってて損しにいくんだから、かまう必要はないわよ」

「それはまあ、そうですけどね」

私は早くも何度めかの溜息《ためいき》をつく。涼子の部下になってから、私の溜息は質量ともに増える一方だ。なにしろ彼女の異名は、前に述べたように「ドラよけ」。「ドラキュラもよけて通る」をちぢめたものである。警察どころかマスメディアの幹部たちは、大半が彼女に弱みをにぎられているし、ＪＡＣＥＳは彼らのだいじな再就職先だ。だから、どんなに涼子を毛ぎらいしても、うかつに手が出せない。

それに加えて重大なことは、手段はどうあれ涼子がいくつもの難事件、怪事件を解決しているという事実だ。さらには、彼女は功名を立てることに興味がないから、功績は平気で他人にくれてやる。上層部も頭があがらないわけである。

「そういうやつらは、徹底的に不幸にならないと、目がさめないの」

「そうなっても目がさめない連中がいますよ。それが依存症ってもんでしょ」

「しかたないわね、そうなったら滅亡するしかないわ」

「本人だけならともかく、家族やら親戚やら周囲が迷惑します」

「警察もね」

「ええ、たぶん……いいんですか、それで」

涼子は、ななめに私を見やって、突き放した口調をつくった。

「もう一度いうけど、しかたないでしょ。国が法律をつくってまで、強行しようとしてるんだからさ。怨《うら》むなら国を怨むしかないわねえ」

III

用意をととのえて、私たちはゲレンデに出た。翠月荘からはシャトルバスで五分。広大な銀白色の斜面が私たちを迎える。スキーヤーの数は、思ったほどは多くなかった。夜七時からの開所式にあわせて来る客のほうが多いのだろう。

私は女性のスキーウェアなんてろくに知らないが、涼子の姿は文句のつけようがなかった。ニットキャップにゴーグル、ハイネックのレイヤーの上にスキージャケット、ブーツや手袋《グローブ》に至るまで、ブランド品でかためているのだが、全然、違和感がないのである。「似あっている」というレベルではなく、ブランド品のほうが涼子の容姿にあわせている、といった印象の完璧さ。ふたりのメイドは、「よく似あっている」。私は「まあ似あっている」といったところか。

「泉田サーン」

若い男の高い声がして、私は愕然《ぎょっ》とした。聞こえなかったふりをしようとしたが、「敵」はすぐ近くにせまっていた。ペタペタ、スキー板の音をたてて、ちょこんと私の傍《そば》に立つ。

声の主は岸本明《きしもとあきら》。警視庁警備部参事官付で、階級は私とおなじ警部補。ただしキャリアなので、年齢は私より十歳下である。小肥《こぶと》りの体型といい、子どもっぽい顔だちといい、とてもエリート警察官僚には見えない。

「な、何でお前さんが、こんなところにいるんだ!?」

「いやだなあ、警備に決まってるじゃないですか」

「何の警備?」

「IRの開所式があるんですよ！　首相がパーティーにいらっしゃるんです」

「へーえ、首相がわざわざ」

岸本は、何だかアワレミのこもった目つきで私を見あげた。ちなみに、彼と私の身長差は二十五センチである。

「そりゃそうですよ。だいたいカジノを日本につくろうといいだしたのは首相本人なんですからね」

「そうだったな、法案を強行採決してまで……」

「しっ、それ以上はいわないほうがいいです」

待てよ、と、私は気づいた。岸本明がここにいる、ということは、当然その上司もいるわけで……。

「お前さんがいまここにいるということは、お前さんの上司もいるってことか？」

「室町《むろまち》警視？　もちろんですよ」

岸本が、なぜかニタついた。

「そうか、室町警視もたいへんだなあ」

「ボクもたいへんですよ」

「たいへんなら、こんなところで石油やオリーブ油を売ってないで……」

「スキー場の監視を命じられたんです」

「ああ、そうかい」

ジャマだから追い払われたのか、と思ったのだが、そうではないようだ。

「ほら、あそこに外国人のグループがいるでしょ」

「テロの容疑者かい」

「逆です。首相のオトモダチで、今夜の式典の主賓《しゆひん》といってもいいくらいです」

「へーえ」

「なんせ、ラスベガスのカジノ大公といわれている億万長者《ビリオネア》ですから」

「ラスベガスのカジノ大公……」

「そうそう」

「何でカジノ王じゃなくて大公なんだ？　謙譲の美徳をそなえてるようには見えないけどな」

「似たりよったりの権勢を誇る連中が、何人かいるからですよ。ひとりが王と自称したら、他の連中がだまっていない」

「で、大公殿下が何人もおいであそばすわけだ」

「そうそう」

岸本は何度もうなずいた。

「他の連中をたたきつぶして、自分が王になりたいやつだっているだろうに」

「いるどころか、全員がそうですよ。でもそうなると血を見ますからね。大公といわれるだけあって、みな無謀《むぼう》じゃありません。あの男はネバダ・サンズのボスです。それだけじゃなくて……」

ネバダ・サンズはアメリカ最大、つまりは世界一のカジノ企業で、オーナーはアメリカ大統領の「オトモダチ」である。日本のカジノに百億ドルを投資するのだそうだ。そのうち何パーセントが日米両国の政治家のポケットにはいるのかは、私の想像力にあまる。

「もうけっこう、さっさと仕事にもどれよ」

「つれないなあ」

岸本がすねたようにいったとき、涼子がスキーを滑《すべ》らせてきた。ゴーグルをあげて、

「岸本、こんなところで何してるのさ」

「はっ、お涼サマ、じつは……」

「VIPの警護だそうです」

私が岸本の台詞《せりふ》をひったくると、涼子はご機嫌の角度を傾斜させた。

「ふーん、それじゃ、お由紀《ゆき》のやつも来てるわけだ」

「そうですそうです」

「岸本、お由紀のやつに、あたしを見ても近づかないようにいっておいて」

理不尽きわまる命令である。さすがに岸本は、こまったような表情をしたが、口に出しては「はいはい」と調子よく返答した。

岸本に向かってうなずくと、今度は涼子は私に質問を投げかけた。

「泉田クン、マイナンバーカードって持ってる？」

「持ってるわけありませんよ、あんなめんどうくさいもの」

「ふーん、じゃ、カジノにははいれないわね」

「はいれなくても、いっこうかまいません」

だいたいカジノで浪費するほど、カネを持っていない。

「安心なさい、はいれるわよ」

涼子が右手の指の間に、二枚のカードをはさみ、私にしめした。カジノをふくむIRの入場券——というと、たいしたことはなさそうだが、巷《ちまた》の噂《うわさ》では一枚十万円、ネットで五十万円出して買ったやつもいるそうである。

「私もはいるんですか」

「当然でしょ。オトモがいなきゃおもしろくないわよ」

私は温暖な地方で生まれ育ったので、スキーとはあまり縁がない。たいていのスポーツはこなすが、ウィンタースポーツは苦手なほうである。

涼子が休暇をとってスキーに行く、と聞いたとき、今度ばかりはオトモをせずにすみそうだ、と思ったのだが、結局、涼子は私の首輪とリードを手放す気はなかったのだった。

「だいたい、スキーをなさるなら、サンモリッツとかウィスラーとか、海外にいくらでもあるでしょ、あなたのお好みのセレブなスキーリゾートが」

「たまにはマイナーなところも悪くないわよ」

「マイナーね……」

二十世紀の終わりごろには、ここ水沢も日本でトップクラスのスキー場だった。商業主義の結果だが、いかにもスマートでオシャレに思えたものだ——とは、歴史の証人丸岡《まるおか》警部の言である。

さて、涼子がスキーを教えてあげるというのを、私は辞退した。

「上司がせっかく休暇をつぶしてまで、スキーの研修をしてあげようってのに、この恩知らず」

「だれもスキーの研修なんかお願いしてませんよ。オリンピックに出るわけじゃなし、ファミリーコースを滑れりゃ充分です」

「滑れるの？」

「あ、えーと、まあ何とか」

虚言《うそ》ではない。ころぶのも滑るのも、おなじようなものだ。

「それじゃ競走しようか」

「ご冗談を」

結局、涼子はゴンドラで最上級者コースのてっぺんに上り、私は隣の初級者コースからそれを見物することにした。マリアンヌとリュシエンヌは上級者コースである。

私はマイペースで滑るつもりであったが、ばかばかしくなってきて、途中で放棄した。

涼子は冬季オリンピックに出られるんじゃないか。それも、メダル獲得レベルだ。涼子の滑走をながめながら、私は心からそう思った。

御時世とやらで、スキーよりスノーボードをやっている者が多いが、彼ら彼女たちも自分が滑るのを忘れたかのように、茫然《ぼうぜん》として涼子の英姿《えいし》をながめやっている。お茶を飲むときとおなじだった。どちらかといえばパワフルで男性的な滑りなのだが、すこしも優雅さがそこなわれていない。左右に銀白色の雪を舞いあげながら、ゲレンデに幾何《きか》的な模様を描いていく。

私はゴーグルをさげてつぶやいた。

「まったく、あなたにはかないませんよ」

いまさらながら、悪魔のひいきを受けているにちがいない、と思った。

Ⅳ

学生風の若い男が、話しかけてきた。

「あのう……」

「何だい？」

「あの女《ひと》、プロですか」

「どうしてそう思う？」

「だって、あんなうまい女《ひと》……ほれぼれしますよ。プロでしょ」

スキーの技術にだけ、ほれぼれしたとはとても思えない。

「あたりだよ」

「やっぱり！」

「何年か前のオリンピックで、アルペン部門のメダルを三つもとったあと、プロに転向した」

「すげえ」

「それだけじゃないぞ、ファッションモデルやTV出演もやってる。日本人じゃないからあまり知られてないけど」

「で、で、何て名前？」

「お忍《しの》びだから秘密」

「そんなあ」

私は下級悪魔の笑みを浮かべて、

「そのかわり、いいことを教えてやるよ」

「なに、なに!?」

「彼女は年下好みなんだ」

学生は口を満月の形にした。私は、罪のない若者を、罪な軽口でたぶらかしておいて、さっさとその場を離れる。これくらいの意地悪は見逃してほしい。

「ひと休みしよう、そこで」

もどってきた涼子が、ストックの先端で、チロル風に建てられたカフェを指《さ》した。

私に否《いな》やはなかった。

「タンノウされましたか」

「まあね、ひさしぶりだし、雪質がいいからね」

「何よりです」

「泉田クンのほうは？」

「まあまあです。注目されてますね」

「当然よ」

大した自信だが、実力あってのことだ。

「コーヒーにします？　それとも紅茶？」

「お汁粉《しるこ》！」

「は、汁粉？」

「あそこに書いてあるでしょ」

涼子の指先にそって、メニューを見なおすと、たしかに「お汁粉」と記《しる》してある。甘酒などとならんで、わが日本国の甘味を国際的な名物にするつもりだろうか。それにしても一杯で千円とは、ぼりやがるな。

「お汁粉でいいんですね？」

「それに焼きソバ」

「胃にもたれやしませんか」

「よけいなお世話、動くからかまわないの」

「おでんもつけますか」

「おでんはいい」

私は、むだな曲芸に挑戦することはやめ、四人分のお汁粉と焼きソバを、二回にわけてテーブルに運んだ。リュシエンヌとマリアンヌは、黒々とした不気味な液体を、すこし気味悪そうに見ていたが、「ミレディ」が割りバシをとってさっさと食べはじめたので、それに倣《なら》った。結果、気に入ったようだ。

「くさった金銭の匂いが、食欲を殺《そ》ぐわね」

涼子は割りバシを手にして、にくまれ口をたたいた。お汁粉はたいらげたが、焼きソバは気にいらなかったようだ。

「食事がまずくなりますか」

「客観的にまずいわよ。それを栄養補給のため、がまんして食べてるのにさ。最盛期はこんなことはなかったろうけど、いちど堕《お》ちると再起は容易じゃないってことね」

たしかに焼きソバは客観的にまずかった。まあＩＲが成功して、一流の店が東京から進出してきたら、淘汰《とうた》されるだろう。

焼きソバを半分以上のこして、私たちは店を出た。シャトルバスに乗って翠月荘までもどる。予定より二時間以上早いのは、ひとえに麵《めん》もソースも青ノリも半殺し的にまずかった焼きソバのせいである。

「時間をもてあましますよ。どうします？」

「温泉にはいるわ」

「四時間も？」

「そのあと昼寝するから、ちょうどいいわ。君は持ってきたミステリーでも読んでなさい」

「……そうします」

スキーはともかく、温泉にはいって、ミステリーを読んで、パーティーまでの時間をつぶす。表面だけ見ると、天国に近いが、どうせまた何かジャマがはいるにちがいない。

自分にあてがわれた部屋にはいると、スキーウェアから浴衣《ゆかた》と丹前《たんぜん》に着がえた。座卓の上にヘクストの『だれが駒鳥《こまどり》を殺したか』の文庫本を置き、手ぬぐい一本持って浴場に向かう。

途中、だれにもあわず、浴場も無人だった。どうやら豪勢な温泉をひとりじめだ。これは半殺し焼きソバのおかげで、スキーを早々に引きあげたからだろう。悪いことばかりではないものである。

さっさと服をぬぎ、タタミ四、五十畳分はある大浴場を横切って露天風呂へ直行する。こちらも二十畳分ぐらいは優にある。いちおうは身体を洗って、岩づくりの湯にはいった。

「ふーっ」

思いきり、全身で溜息をついた。やはり私は日本人だ。温泉に肩まで浸《つ》かると、とりあえず全身の体組織がゆるんで、体外に毒気を放出する。自然と、そうなってしまうのである。

頭の上にタオルをのせて、私はアゴまで、透明な湯にひたる。中途半端な時間なので、他の客はだれもいない。名作『坊っちゃん』にちなんで泳いでみようかと思ったが、さすがにやめておいた。

「マリちゃんも来ればよかったのになあ」

マリちゃんは本名・阿部真理夫《あべまりお》、刑事部参事官室の一員で、プロレスラー級の巨漢である。顔もごつくて、幼児が見れば泣き出しそう、ヤクザが見れば道をあけそうだが、じつは気のやさしいクリスチャンだ。私にとっては、信頼のおけるたのもしい同僚で、危険を救ってもらったことも一度ではない。

そのマリちゃんは、クリスマス・イヴの今日、やはり休暇をとっている。教会のボランティアで、ホームレスの人たちに炊《た》き出しをしたり、児童福祉施設でサンタクロースの扮装《ふんそう》をして慰問《いもん》したりするためだ。貫禄《かんろく》たっぷりのサンタクロースで、さぞ子どもたちがよろこぶことだろう。読書三昧《ざんまい》すらできず、上司に引きずられて、来たくもない場所に来てしまった私とは雲泥《うんでい》の差である。

「えらいもんだよなあ、とてもマネできないや」

「かならずしもそうともいえなくてよ」

「そうですかね」

応《こた》えてから、私は湯の中で硬直した。突然、上司の声が背後からしたからだ。

「ど、どこにいるんです!?」

「何いってるんだか。君のすぐ後ろが竹垣になってるでしょ？　その先に何があると思ってるの」

翠月荘の露天風呂は、男女混浴ではないが、女湯と男湯をへだてているのは、竹垣一枚だけである。そして、私の上司は、竹垣のすぐ後ろにいるようだった。マリアンヌとリュシエンヌもいるらしく、日本語でない会話が、きれぎれに聞こえる。

私は硬直したまま竹垣の向こうへ問うた。

「ど、どこがどうちがうんです？」

「マリちゃんは、べつにいやいやボランティアをやってるわけじゃないのよ」

湯を何となくかきまわす。

「そんなことくらい、わかってますよ」

「だったら、これもわかるでしょ。マリちゃんは温泉やスキーより、ボランティアのほうに、意義と喜びを見出《みいだ》しているわけ」

「はあ」

「つまり一番の娯楽なんだから、彼はそれで幸せなの」

竹垣ごしの露天風呂の会話にしては、全然、色っぽくないのだった。

のぼせる前に私は浴場を出た。こんなときはビールをぐっと一杯、といきたいが、後のことを考えるとそうもいかず、炭酸《ガス》入りのミネラルウォーターにしておく。すると、ピンク色に上気した頬《ほお》で涼子も風呂を出てきた。

「東京のようすはどう？」

「渋谷《しぶや》で若者グループどうしの乱闘事件があって、死者が出たようです」

「殺人犯は、まだつかまってないのね」

「ええ、警察は必死に捜査中――って、我々はここでこんなことしてていいんですか？」

「犯人が東京にいるとは、かぎらないわ。いざとなったら呼び出しが来るわよ。あたしたちがいないほうが、部長もやりやすいでしょ。ああ見えて、まるっきり無能というわけでもないんだから」

「めずらしく、ほめますね」

「あたしは公正な女だからね」

それはどうかな。

五時をすぎたところで、浴衣に丹前からスーツ姿に着がえる。アリーナでの開所式は六時からだ。四人でベンツに乗りこむと、すでにずいぶんな人出で、TV局の実況中継車まで出ている。

「まだ開幕してないのに、こうですからね。明日はどうなることやら」

「カネの亡者とヤジウマが、なかよくダンスを踊るのよ」

「で、あなたはそれを見物なさる？」

「うるさいな。ただ見物するだけでおさまるなら、そうするわよ。つまらないけどさ。でも、おさまらない場合は……」

涼子は、愉《たの》しみと意地悪さをないまぜた微笑をつくった。

「想定よりずっとおもしろくなるわね」

V

涼子がプラチナチケットを振りかざして、涼子、リュシエンヌ、マリアンヌ、私の四人はアリーナの特等席に陣どった。

すぐ近くに中年の紳士たちがすわって、熱心に会話をかわしている。

「もう二、三十年も前になるかな。はでなスキーブームのとき、もちろん水沢にもスキー場とリゾートマンションとペンションがうじゃうじゃ発生したけど」

「発生、ですか」

「冠山《かんむりやま》の一帯は所有者不明で、手がつけられなかったんだよ。ブームが去って、そのまま山林として放置されておった」

「それが今度、カジノやホテルができた、というわけですね」

「すごいことになるぞ。十年後が楽しみだ」

楽観主義者たちの会話にうんざりして横を見ると、パンツスーツ姿の涼子は、クリーム色のハイネックセーターに真珠のネックレスをあしらっている。リュシエンヌとマリアンヌもおそろいのパンツスーツ。私はオトモにしか見えないが、実際オトモだから、これでいいのだ。

拍手がわきおこった。

中央の円形ステージに、黄、赤、青のライトが集中し、ドームの照明も集中する。

一万五千人が見守るなかを、ドームの天井から何かが下《お》りてくる。気球のバスケットのような乗物に、だれかが、いや、何かが乗っていた。しきりに両手を振っている。

「タヌキンですよ」

岸本が、うれしそうに教えてくれた。

「このＩＲのゆるキャラです」

大きな目玉の、白いタヌキの着ぐるみだった。丸っこい姿に愛敬《あいきょう》があるが、何者が中にはいっているのだろう。

タヌキンの着ぐるみがステージ上に落ちると、あらわれたのは日本一有名な人物だった。日本国総理大臣の土部《どべ》斉三《せいぞう》氏である。

私は啞然《あぜん》とした。ふと気づいて隣席を見やると、さすがの涼子も毒気を抜かれた体《てい》で紅唇《こうしん》をあけっぱなしにしている。リュシエンヌとマリアンヌは、わけがわからずキョトンとしていた。

場内も寂然《しーん》としていたが、首相がおおげさに一礼すると、我に返ったような拍手がおこった。首相がマイクをにぎる。

「えー、このたびは、水沢町に、世界に誇るＩＲ、統合型リゾートが完成して、まことによろこばしいことでありましゅ。かつて水沢町は世界に誇るスキーの町でありましたが、いまや世界に誇る統合型リゾートとして再生したわけでありましゅ。国民の悲願でありましたカジノも、世界に誇るスケールをもってでしゅね、ここに設立を見ました……」

滑舌《かつぜつ》の悪い男だ。

どうやら私は日本国民ではないようである。カジノ建設を願ったことなんて、一度もない。パチンコとならんで、警察官の再就職先がふえるだけだろう。

それにしても、一国の首相がゆるキャラの着ぐるみをまとってリゾートの宣伝をするとは。涼子ですら想像しなかったと見える。しばらく沈黙していたが、わざとらしくヒールを鳴らして出ていこうとした。と、出口近くにたたずんでいる女性と視線があった。

「お由紀！」

「お涼!?」

黒髪の美女は、私の姿を認めると、すこし表情をやわらげた。

「あら、泉田警部補、あなたも来ていたとは思わなかったわ」

長い黒髪を後頭部でたばね、白い端整な顔には眼鏡《めがね》。隙《すき》のないスーツ姿に、これまた隙のない視線を四方に放っている。

警視庁警備部参事官・室町由紀子《ゆきこ》警視。つまり岸本明の上司である。涼子とは同期の二十七歳。大学もおなじ東京大学法学部。それで仲がよいかと思いきや、ドラゴンとタイガーのように、にらみあっている。警視庁の二大美女、二大才女、しかして宿敵どうしというわけなのだ。

涼子のほうが開戦した。腕を組み、にくたらしげに由紀子をにらみつけて、

「で、どうして、あんたがこんなところにいるのさ」

「きまってるでしょう、要人警護よ」

「カジノ関連の？」

「……あなたには関係ないわ」

「あるわよ」

涼子はしれっとして言い放つ。

「どんな関係？」

「あたしは高額納税者だからね。汗水たらして納めた血税を、ギャンブル依存症患者の増加に費《つか》われるんじゃ、たまったもんじゃないわ」

由紀子は腹立たしげに涼子を見すえた。

「汗水たらして働いたことなんかないくせに」

「修辞よ、修辞。とにかくきちんと税金は払ってるんだからね」

涼子と由紀子が応酬《おうしゅう》している間、私と岸本も小声で会話していた。愛《いと》しのタヌキンのぬいぐるみを抱いた岸本は、ささやくように、

「このさいですから、東洋一のカジノってやつを見物しましょうよ」

という。

「お前さんもカジノやるのか」

「とんでもない」

岸本は頭と両手を同時に振ってみせた。

「ボクが堅実な人間だってこと、泉田サンもご存じでしょ」

「そうだったかな、忘れてた」

「やだなあ、堅実だから警察にはいったんですよ」

そういわれれば、もっともな話だ。すると私も堅実な人間だ、ということになるのか。あぶない橋ばかり渡っているような気がするが、これは組織のせいではなく、上司のせいである。

「見るだけだったらいいでしょ。話のタネになります」

「まあ見物するだけならな」

上司どうしは火花を散らしていても、部下たちは通じあっている、という図であ

る。もっとも私は岸本を好いているわけではない。

だれかが由紀子を呼んだ。そちらへと去っていく由紀子の背に、涼子が舌を出す。

「フン、そんなに警備の負担が重いんだったら、国際イベントなんか開かなきゃいいのよ」

身もフタもないが、もっともである。

「こんな時代ですからね、テロリストがひそんでいる可能性はゼロじゃない。警備の手をぬくわけにはいかないでしょう」

「テロリストねえ」

涼子は意地悪く笑った。

「いまの日本人に、テロをおこす気力なんかあるのかしらね。ヘイトスピーチをわめきたてるのが最大限じゃないの」

「だといいんですけどね」

私は周囲を見まわした。特等席にいるのは、プラチナチケットを持つ約千二百人。VIPのなかのVIP。セレブのなかのセレブ。本来、私など縁もゆかりもない空間だ。このなかに、テロリストがひそんでいるのだろうか。

政府や警察が「テロの脅威」をさわぎたてるのは、半分は自分たちの権力を強化し、市民の自由を制限するためだが、半分は実際に危険だからである。教会や病院や学校すら平気で爆破する連中が世界をのし歩いているのだから。

「あー、おなかペコペコ」

「ローストビーフでもとってきましょう」

そんな会話をしていると、ふいに足もとに違和感をおぼえた。

「何だか、いま……」

「揺れたような気がしましたな」

そういう声が飛びかう。気のせいではない。たしかに揺れた。

床や地面が揺れて、地震だと思わない日本人はいないだろう。能天気な雰囲気に翳《かげ》りがさした、つぎの瞬間、本格的に来た。

どおん、と、床が突きあがり、沈む。はなばなしい悲鳴がひびきわたる。ついで揺れは横に変わって、皿やグラスが宙に舞い、老人が床にひっくりかえり、若い女性が手近の男性にしがみつく。

私は涼子と由紀子に叫んだ。

「テーブルの下にもぐって！　早く！」

割れたグラスや皿、ナイフにフォーク。パーティー会場は凶器にことかかない。私は、手近のテーブルのクロスをまくりあげて、涼子もろとも、その下にころげこんだ。間一髪。

ひっくりかえったビーフシチューの大鍋が、私の靴をかすめて床に落下する。熱くて粘っこい褐色《かっしょく》の飛沫《しぶき》が、スーツを汚す。

「脚をつかんで！」

涼子が私に命じた。

「テーブルの脚よ。あたしの脚をつかんでも、何にもならないわよ」

「そんな失礼なマネはしませんよ」

視界が暗くなった。停電したのだ。テーブルの外では狂騒曲がつづいている。悲鳴に怒号《どごう》、落下音。テーブルの脚にしがみついたはいいが、そのテーブル自体が揺動し、私たちはゆすぶられ、振りまわされた。暗黒が一段と恐怖をそそる。「おちついて」という声自体が大きくうわずっている。

電気系統が修復したのか、パーティー会場は明るさを回復した。単に物理的な明るさである。灯火のもとにさらけ出された会場は、テロの現場さながらだった。

倒れたテーブル、ひっくりかえった椅子《いす》、苦痛と恐怖にあえぐ人々。何千万円だかの抽象画は、額ごと床に落ちている。その額にあたったらしい男性が、血の流れ出る頭をおさえてうめいていた。食器の破片で手足を切った人々の数は、かなりのものだ。

「無傷なのは三分の一くらいかな」

そういう涼子も、スーツのあちこちが変色している。私自身はといえば、まあ服が破れなかったのを、よしとしよう。

揺れが完全におさまるまで、三分はかかったろう。天井では豪奢《ごうしゃ》なシャンデリアが、見えない巨人の手で大きく振りまわされている。

「場所を変えましょう」

とりあえず、シャンデリアが降ってきそうにない、会場の隅《すみ》に移動した。人々はおびえきって、壁ぎわに立ちすくんでいる。皿やグラスの下で、床に倒れたままの人もいた。

どうやらとんでもないクリスマスになりそうだった。

第二章　二重攻撃

I

ＩＲミズサワの開所式典は、つぎのような順序でおこなわれる予定だった。

十二月二十四日午後六時、アリーナにおいて首相らによる開所宣言。参加予定人員一万五千人。午後七時、特等席において立食パーティー。参加者千二百人。参加しない者は免税店街やレストラン街で自由行動。午後九時いよいよカジノで首相らによるテープカット。これ以後、一年三百六十五日二十四時間営業の国策トバク場が、めでたく日本に誕生するはずだった。

計画がひっくりかえったのは、午後七時四十分。これがトバク立国を企図した連中の、幸福の絶頂だった。

直下型地震。カジノもアリーナもホテルも、半壊してしまった。冬眠していたクマも飛びおきたかもしれない。絶叫、怒号、悲鳴、さまざまな破砕音。山中でわきおこった人間たちの騒音は、比較すれば、たいしたものではなかった。

揺れが完全におさまる寸前だった。その音が聴こえてきたのは。

ゴゴゴゴ……

地震とはまたことなる巨大な質量の動きがせまってくる。

「雪崩《なだれ》だ！　ここは雪山にかこまれてるんだぞ！」

その叫びがパニックを生んだ。水沢は、太平洋側と日本海側とに日本を分ける脊梁《せきりよう》山脈のどまんなかにある。だからこそ江戸時代も現代も交通の要所で、谷間を新幹線と高速道路が走っている。

その谷間を雪崩がおそったら。

カジノを、アリーナを、ホテルを、巨大な白い手がたたきつぶしていく光景。それを私は幻視した。これまで雪崩がなかったのは、地震がなかったからだ。

雪を「白魔《びやくま》」と呼び替えるわけが、よくわかった。

大ホールの巨大な窓の外が白く変わるのを、私は見た。一瞬、硬直した私の腕が、ぐいとつかまれる。

「逃げるのよ！」

涼子だった。ドレスなんぞ着こんでいないので、動きが、つねにも増して速い。マリアンヌもリュシエンヌもそれに倣った。私も上司にしたがった。建物の奥へ、雪崩と反対側の方向へ。

背後で、大鐘《おおがね》のひびくような破砕音がした。かろうじて地震に耐えていたガラスウォールが、雪崩の一撃で割れたのだ。とたんに、風まじりの雪とガラス片が吹きつけてきた。今度は人影が宙に舞う。

怒号か悲鳴か、区別のつかない叫びが、反響しあって、さらに聴覚を痛めつける。雪を頭からかぶった。足をとられる。うつ伏せの姿勢で五メートルばかり滑ると、傍の雪の小山から手が一本出て動いている。それをつかんで、何とかブレーキをかけた。手をつかんで引っぱると、わが上司のライバルが雪まみれの姿で引っぱり出されてきた。

「泉田警部補、ありがとう、でも何でパーティーに？」

「上司のオトモです」

「あ、じゃあ、お涼がそのあたりで生きているのね」

「生きていて悪いかあ！」

憤然《ふんぜん》たる声がひびいて、涼子が立ちあがった。スーツの雪をはらいのけ、ブーツで雪を蹴散《けち》らす。

「あら、お涼、無事でよかったわね」

「何をココロにもないことを。あたしが生き埋めになったと喜んでいたくせに」

「そんなことないわ」

「じゃ、トドメを刺す気だったのか」

「おふたりとも、ご無事で何よりです！」

私が大声をあげると、ふたりとも沈黙した。私は由紀子を助けて立たせた。周囲は雪とこわれた器物とでサンタンたるものだ。

「日本が世界に誇るＩＲは、かくして、開業前に無期限休業とあいなりました」

涼子が宣告した。むろん、うれしそうな声で。

「ご機嫌ですね」

これはもちろん皮肉なのだが。

「あたりまえよ。ざまあごらんあそばせ、だわ。国家戦略特区なんて、どんなすばらしいものかと思ったら、トバク場なんだもの。ヤクザに笑われるわよ」

由紀子は何かいいかけて口を閉ざした。涼子を見る目に、とがめる色がない。程度の差こそあれ、涼子とおなじ意見なのかもしれなかった。とすれば、私もふくめて三人、同罪である。

「あれ、岸本は？」

涼子があたりを見まわす。由紀子と私も、四人めの存在を思い出して、いそいで捜しにかかった。結局、タヌキンを抱いたまま目をまわしている岸本を雪の山から掘り出したのは三分後だ。

「ありがとさんです。ボクがいなくなると、ゼンドーレンとか、こまる人たちがたくさんいるから、よかったです」

「ゼンドーレンって何？」

全日本ドーラー連盟のことを知らない由紀子が、不思議そうに問う。岸本はあわてて口をおさえる。

「オタクの秘密結社ですよ」

私は、身もフタもない一言で、岸本をかばってやったつもりだったが、将来のエリート警察官僚はプライドを傷つけられたようで、すこしふくれっ面《つら》で私を見やった。

こいつ、オタク独裁国家の大幹部にでもなるつもりだったのだろうか。

「ああ、よくあるグループね」

由紀子は納得した。いちいち気にしていられない、ということだろう。

「あとは助けを待つしかありませんね」

「ただ待ってるの？」

「私たちで助けられる人は助けますよ」

正直なところ、私だって疲れていたが、ただボウッとしているわけにはいかない。

と、岸本が、うたがわしげな声を出した。

「た、助けが来ますかねえ」

「何だ、どういう意味だ？」

岸本は両手を振りまわした。

「もしも、もしもですよ、この地震が東京直下型の超巨大地震の一部だったらどうします？」

「どうするって……？」

意表をつかれて、私は口ごもった。対照的に、岸本の声は大きくなる。

「もし東京が壊滅してたとしたら、外から助けなんか来ませんよ！　ここに閉じこめられっぱなしです。春が来て雪がとけるまで……」

「全員、凍死か餓死《がし》だな」

楽しくもない結論だったが、その可能性は充分にある。私はその場にすわりこみたくなった。日本語と外国語とが、ないまぜになって聞こえる。

「大使たちに死者でも出たら、国際問題だ。何とかしろ！」

「何とかって、どうやって……」

官僚やカジノのスタッフたちが、会話をかわしあっている。アメリカ以外の国の大使たちは放っておかれたので、当然ながら怒気《どき》を発していた。

「救援はいつ来るのかね？」

「こんな怖いところ、もう一分だっていられないわ！」

「地震の巣の上にカジノを建設するなんて信じられんよ！」

「日本側の責任者に会わせてくれ」

「ああ、もう何もかもおしまいだ」

「何でよりによってこんなときに……」

さすがに従順でおとなしい日本人たちも、しだいにうるさくなってきた。いつ余震がおこるかわからないのだから、恐怖と不安をまぎらわせるために声が大きくなるのは、無理もないことだ。

「救援費用もばかにならないでしょうね」

貧乏公務員としては、そんなことも気になる。すると金持ち公務員が、

「つくるのに九百億円、こわすのは無料《タダ》。どう考えたって、こわす側にまわったほうが、かしこいわよねえ」

「ご成功おめでとうございます」

「その反応、ちょっと変じゃない？」

「いや、とにかく助かりましたから、めでたいことで」

私が拙劣《へた》な弁明をすると、

「地震に雪崩か。当然、考えておくべきことだったわね。まあ、建物自体は崩壊しなかったけど、この後いつ耐えられなくなっても、おかしくないわ。中にとどまるか、外に出るか」

「外はかなりの寒さですよ」

私は注意をうながした。クリスマスにあわせてのイベントが、まんまと裏目に出た形だ。

「中だって、たいして変わらないわよ。暖房はたよりないし、風は吹きこむし……」

「どちらがいいのか、ちょっと判断がつきませんね」

「賭《か》けよっか？」

「また不謹慎なことを……」

「何いってるんだか。ここはトバク場よ。賭けこそ正しい行為じゃないの」

涼子は私をやりこめておいて、何やら思案するフゼイで腕を組んだ。さすがの「ドラよけお涼」も、地震と雪崩の二重攻撃までは想定していなかったらしい。

首相はカジノでのパーティーを八時までには引きあげて、十時から東京でべつの宴会に出席する予定だったそうだ。首相が宴会に姿を見せなかったら、当然、ひとさわぎおこる。通信が完全に途絶していても、やはりおなじことだ。人知れず死んでいくことはないとしても、衆人環視の中で凍死か餓死ということになる。

不幸と不運と不吉。傷だらけの人間連合軍では、どうも勝てそうになかった。

II

一枚何百万円か、それ以上か、私には鑑定眼などないが、さぞ高価な絵だろう。地震で床に落ちたそれらは、いまや土足に踏みつけられ、泥の絵具を塗りつけられて、「芸術への冒瀆《ぼうとく》」という表現そのもののありさまだった。

私は絵をかたづけはじめた。といっても、壁ぎわに寄せて立てかけるだけだ。家具調度のたぐいは、とりあえず脇へのけて、道をつくりかけたのだが……。

「何してんの？」

「ごらんのとおりです」

「よけいなことするんじゃないわよ。手をケガでもしたら、どうするの。もっと、いざというときのために待機してりゃいいのよ」

どうやら涼子は、これ以上ひどいことが今後おきると思っているらしい。かんべんしてほしいものだ。

外国人のダンサーやショーマンたちは、パニックにおちいっていた。無理もないことで、

「生まれてはじめて地震にあった」

という人たちである。

「帰るう、あたし帰るう」

「すぐ車を用意してくれ！」

「シンカンセンは動かないのか」

「いったいどうしてくれるんだ」

「安全の保証は契約書に記してあったぞ」

「責任者を出してくれ」

にぎやかなことだ。日本人たちがブキミに声をたてないのと、いい対照である。もっとも、悟《さと》りきっているわけではないから、ためこんだストレスが臨界点に達する刻《とき》が、かならずくる。そうなれば大パニックだ。

「どうします、そうなったら？」

「もちろん他人を蹴散らして逃げるわよ」

「逃げるって、どこへ」

「あ、そうか」

気がつかなかったというより、涼子は、べつのことに気をとられているようだった。

そのとき、ステージ上にあらわれたふたりの人物がいる。

水沢カジノ運営委員長の大西英夫《おおにしひでお》だった。そのすぐ後ろには水沢町長の穴見陽二《あなみようじ》だ。ちなみに、大西はもと関東電力の副社長だったそうである。

銀髪の紳士だが、髪は乱れ、どこにぶつけたのか、目のまわりには青いアザができている。モーニングもあちこち裂けていて、どうやら私たちより運にめぐまれなかったようだ。

穴見のほうはもっとひどかった。気の毒なのは、かつらが半分ずれていることで、何かに引っかかっているのか、思いきって放り出すこともできないようすだ。スーツは、中古品市場でも買い手がつかないほどボロボロである。

「えー、みなさん、君、マイクはどこだ……使えるな？……あー、みなさん、ひどい目にあいましたが、私たちは生きています。絶望するのはやめましょう」

何で私が大西を知っているかというと、さきほど延々とあいさつを聴かされたからだ。

「みなさん、お手持ちの携帯電話やスマートフォンをご使用ください。外部と連絡をとっていただきたいのです。現在の状況を知らせ、助けを求めていただければ、すこしでも早く救援が来ます」

この一言で、それまで茫然としていた人々が、ケータイやスマホにとびついた。

「あっ、通じた、もしもし……！」

「ちぇっ、おれのは通じない」

「たいへんなことになってるのよ、あのね」

「え、そっちは何ともないの？　じゃ、ここだけかしら」

「おい、東京は何ともなかったみたいだぞ」

「無事だ、東京は無事だ。救援が来るぞ！」

わあッと歓声があがった。岸本の心配は、どうやら杞憂《きゆう》だったようだ。

「どうやら東京は無事だったようです。であるからには、私たちは、日本人として誇りを持って、粛々《しゆくしゆく》と助けを待とうではありませんか！」

アリーナの屋上にはヘリポートがあるのだ。重要人物専用のものだが、首相は当然VIP《ヴイアイピー》だから、東京へはここから帰ることになっていた。ヘリポートは無事だろうか。ヘリはもうすぐ来るのだろうか。

「自衛隊や消防のヘリでピストン輸送すれば二、三百回で全員救出できるんじゃないか」

そういう声もあがったが、机上《きじよう》の空論だろう。夜間の飛行は危険だし、ヘリのパイロットは疲弊《ひへい》するだろうし、またさらなる雪崩の可能性もある。成功すればハリウッド映画になりそうだが、失敗して二次災害がおきる可能性のほうが、はるかに大きい。

「TVがついたぞ！」

パーティー会場の超大型テレビは、どうやら、たたけばなおる型《タイプ》のものらしい。画面が明るくなり、ニュース番組が映し出された。

それまで、サッカー選手と女性タレントの婚約発表について、円満な声音でどうでもいいことを語っていたアナウンサーが、急に声を引きしめた。

「速報がはいりました。先ほどお報《しら》せした新潟県のＩＲミズサワ開所式ですが、直後に大きな地震が発生した模様です。くわしいことはまだわかりませんが、雪崩の可能性もあります。警察や自衛隊の動きなど、わかりしだい、おってお報せいたします……」

場内がざわめく。どちらかといえば明るいざわめきだ。とにかく自分たちの窮地《きゆうち》が外部、ことに東京に知られたのだから、救出の可能性がぐんと高くなる。

そうなると、ますます従順になるのが日本人で、声をかければ一列にならぶかもしれない。権力者にとって、これほど治めやすい国もないだろう。

ところが例外というものがあって、内閣官房副長官の毛手木が大声を張りあげていた。

「どうするんだ、おい、どうするんだね!?」

「あせると、二次災害の危険がございます」

「おい、君、いまここにどなたがいらっしゃると思ってるんだ、日本の総理大臣だぞ」

官房副長官がヒステリックな声をあげる。総支配人の額《ひたい》には汗の粒が浮き出している。だが、どんなに官房副長官がいたけだかになっても、総支配人の一存でどうなるものでもない。

「なにしろ夜でございますし、朝になれば、安全度がまるでちがいますから、お待ちいただいたほうがよろしいかと……」

官房副長官は、怒りとクシャミを同時に爆発させた。

「明るくなるまで、十二時間はあるぞ。その間、首相閣下をこんなところで待たせておく気か。せめて部屋を用意しろ。あたたかい部屋をだぞ！」

副長官は、ここぞとばかり声を張りあげる。首相に対する忠誠心を、人々に見せつけるのに懸命だ。

みぐるしいといえば、みぐるしい。だが、自分が出世するにはこの方途《みち》しかない、とわかっているあたりは感心だ。

カジノなど、この国では、政府とアメリカ資本とが結託した醜悪《しゅうあく》な国民収奪システムだ。わかりきったことだから、反対派のほうが圧倒的に多いのだが、政府与党はそれを無視して、国会で強行的に法を制定した。

まるで、一九二〇年代に、シカゴのアル・カポネが、アメリカ全土を手中におさめたようなものだ。

ギャング政権に対して怒りを抱き、カジノの開設を暴力的に阻止してやろう、と思う者があらわれても、不思議ではない。だが、涼子がいったとおり、それを実行する者はいないようだった。結局、私たちは、余震と寒さにおびえながら待つしかないのだ。

III

音が聞こえた。黒々とした空の一角に、赤い点が灯《とも》る。音は次第に近づいてくる。寒さを忘れて、何十人もの人が大ホールの外へ飛び出した。まちがいない、一機の飛行物体が飛来したのだ。

「ヘリだ、ヘリコプターだ!」

わあッ、と歓声があがる。その声でまた雪崩がおきるのではないか、と心配になったほどだ。陸海空どの自衛隊か知らないが、決死の首相救出作戦を敢行《かんこう》したらしい。無理をしなくてもいいのにな。

ヘリはカジノ屋上のヘリポートに着地しようとしているらしい。まずは当然のことだ。夜間に、六十歳すぎの首相を吊《つ》りあげるよりよほど安全である。

「屋上だ！」

またしても何十人かが駆け出したが、制服警官たちが立ちはだかったのだ。メガホンのマイクを手にした男がどなった。

「あれは政府専用ヘリです。首相とアメリカ大使が乗ります。他の人はお待ちください」

「報道」の腕章をつけた若い女性が叫んだ。

「負傷者《けがにん》が先じゃないんですか⁉」

「大局的な見地から、ものをいいなさい。首相が最初に脱出するのが当然じゃないか」

「ですが……」

「国家のためだ。どこの国でもそうするさ。君、どこの新聞社だ？　これ以上、幼稚《ようち》な質問はやめたまえ」

毛手木は興奮した体《てい》で、いきなり記者の襟首《えりくび》をつかんだ。その手をおさえたのは首相である。

「まあまあ、副長官、私だって他の人たちより先に脱出しゅるのは、こころぐるしいんだ。だけど首相の役目上、外から大局的に全体を見て、指揮をとらなきゃならん。

だから君たちより先に出発しゅるよ。アメリカ大使といっしょにね。できるだけ早く、君たちを全員無事に救出しゅる。それが私の責任《しえきにん》だ。わかってくれるね？」

首相は副長官の顔をのぞきこんでニタリと笑った。さすが、親分のほうが子分よりすこしは大物っぽい。副長官は、額が股にくっつくほど深く礼をした。

「ははっ、この毛手木義明《よしあき》、首相閣下のオンタメならば、生命に替えましても」

「君を内閣官房副長官にしておいてよかったでしゅよ」

「おそれいりますです」

「では、ボクは東京へ帰るから、あとはよろしくたのんだじょ」

「はい、えっ、は？」

毛手木は、あてがはずれたらしい。

「わ、私は残されるんですか!?」

「だって君は内閣官房副長官でしょ。現地に残って陣頭指揮しないで、どうしゅるんですか」

「…………」

「みごとにこの危機に対処したら、君はたちまちマスコミの寵児《ちょうじ》、将来の首相候補でしゅ。いいチャンスだから、がんばりなさい。それじゃ身体《からだ》に気をつけてね」

首相は、なれなれしくアメリカ大使の腕をとると、警護官《SP》たちの間に埋もれながら、パーティー会場を去っていく。

残された者は、どこにも逃げ場がない。

閉塞感《へいそく》が不安と恐怖を増幅させ、パニックはおさまりそうになかった。

「助けて、助けて！」

「こんなことになったのは、だれのせいだ」

「責任をとれ！」

「さっさと自衛隊を呼ばんか！」

プラチナチケットを入手して入場した人たちだから、何ごとにも他人より優先されることに慣れているのかもしれない。逆に、だまって列にならぶのには慣れていないのだろう。これまではガマンしていたが、そろそろ忍耐心が切れかけてきた、というところか。

涼子がおもしろそうに、

「ま、怒るのも当然よね。国のためとかいわれて、何十億円も出資させられてさ、プラチナチケット一枚で放り出されたんだから」

「御社は出資なさらなかったんですね」

「形だけ手はあげたけど、すぐ引っこめたわよ。どうせ、うまくいきっこないもの」

「ですが、もしうまくいったら？」

「利益の七割をアメリカに持っていかれるだけ。あとの三割は首相のオトモダチが寄ってたかって、むしゃぶりつくす。そんな下品なゲームに加担するなんて、まっぴら、ごめんこうむるわね」

うなずきつつ、私はさらに質問した。

「カジノにいかれたご経験は？」

「あるわよ。国際刑事警察機構《インターポール》時代、モンテカルロでね。ロシアン・マフィアの資金洗浄《マネー・ロンダリング》を一斉《いっせい》摘発したの」

さぞ、はでな活躍だったにちがいない。

「タマラさんなんかもいっしょに？」

涼子のロシア人の友人の名を出すと、涼子はうなずいた。

「もう、それ以後、いっさいカジノと関係するのはやめたの」

「ですが、関係者だからこそ、プラチナチケットを入手できたんじゃ……」

「株を売り逃げするだけよ。それ以上、こんなものにかかわる気はないわね」

言い放つと、涼子は、右《う》往《おう》左《さ》往《おう》している人々を皮肉っぽくながめた。

「株、値下がりするとお考えなんですか」

「そう考えてるわよ」

涼子は断言した。マネーゲームに関してはとてつもない実績があるのだ。私が口ごたえする余地はないし、その気もない。

「でも、こんな事件がおこったら、株が値下がりするのは当然でしょう。たいしてもうからないんじゃないですか」

「ご心配なく、今日の午前中にもう売っちゃったから」

「えーッ!?」

「まあ、お茶代ていどにはなったわよ」

一杯何万円のお茶だろう。

私の目の前を、ひとりの男が横切っていった。

小牛田勝《おぎゅうだまさる》。本来なら偽証罪と公文書偽造罪で、短期間でも刑務所生活を送っているべき男だ。だが、現実には総務省副大臣。首相のお気に入りなのだ。警察は彼を逮捕せず、検察は彼を起訴しない。

「魚と国家は頭から腐りはじめる」

とは、だれの台詞だったかな。優先順位の低いことを考えていると、脇腹をかるく涼子にこづかれた。

「泉田クン、ここを出るわよ」

「どこへいくんです？」

「翠月荘」

私は彼女の意図を悟った。

「スキーウェアに着がえるんですね」

「そのとおり、さすがあたしの手下ね」

「手下はいいとして、この地震と雪崩でつぶれているかもしれませんよ」

「そんなことないわよ」

「そうですね」

それ以上、私は反駁《はんばく》しなかった。いちおう涼子の注意を喚起はしたが、ケンカするつもりはない。それに、最前衛のデザイナー建築物より、伝統的な日本家屋のほうが耐震性にすぐれている、というのも、ありそうなことである。

何よりも、寒さに慄《ふる》えながら、ただ突っ立っているのは、ばかばかしいではないか。いってみたらつぶれていた、というのも、けっこうばかばかしいが、何もしないよりましだ。

というわけで、涼子と私、マリアンヌ、リュシエンヌは翠月荘へと向かった。何もなければ徒歩五分だが、雪をかきわけてだから、三倍はかかる。

私たちの姿を見た由紀子が声を投げかけてきた。

「どこへいくの、お涼」

「知りたきゃついておいで」

突き放された由紀子は、とっさに考えこんだが、最大の危険人物から目を離すわけにはいかない、と思ったのだろう。無言でついてきた。おまけに、タヌキンのぬいぐるみを後生大事にかかえた岸本までついてくる。

「やれやれ、ありがたい、つぶれてなかったわ」

涼子が玄関に姿をあらわすと、翠月荘の従業員たちが、どっと駆けつけてきた。

「涼子さま、よくぞご無事で」

「おかげさまでね」

オウヨウにうなずくと、涼子は私に命令した。

「もういちど温泉であたたまって、スキーウェアに着がえるのよ。長期戦になるからね。お由紀、岸本、あんたたちもいれてあげるから、さっさとおはいり」

「わたしたちだけ……」

「全員、凍死してどうすんの！　動ける人間が必要なのよ」

涼子が一喝《いっかつ》すると、由紀子はだまった。たしかに全員そろって共倒れになってもしかたない。由紀子は口を開いて告げた。

「水沢の上空は、飛行禁止になったわ」

「なあんですってえ？」

「もういちど言いましょうか？」

「けっこうよ！」

涼子はうなり声をあげた。

「首相のやつ、頭に寄生虫がわいてるんじゃないか、と思ってたら、そのとおりだったわ。さっさと官邸からたたき出してやらなきゃ」

「自衛隊や消防のヘリを除いてのことよ。危険なんだから当然のことでしょ」

「首相のヘリが飛べるていどには安全だと思うんだけどねッ」

「そうとはかぎりませんよ」

「うん、たしかにそうね。危険を承知で無理をして、悲惨な結果になるって、よくあることだもんね。それに期待するか」

私は「良識派の部下」を演じようと、いちおうこころみた。

「えー、冗談はともかく、残りの人たちをどういう方法で救出するか、それが問題ですね」

「空中停止《ホバリング》して、ひとりずつ吊りあげるしかないわねえ」

「一万五千人をですか!?」

「一万五千人をよ。もっとも、政治家や官僚どもを吊りあげたら、そこで中止。あとは自衛隊や消防が、何十日かかけて雪かきをするかもね」

「ボクそれでいいです」

岸本が挙手した。

「ヘリで吊りあげてもらわなくていいです。御老人《おとしより》や御病人にゆずります。ボクはあとまわしでけっこうです」

何だか「いい話」っぽいが、これは岸本が高所恐怖症だというだけである。

突然、由紀子がいった。

「じつは、わたし、今回の仕事に先だって、警視総監から封書をいただいたの」

「えー、総監から直々《じきじき》に!?」

「たいせつな任務だから、いざというときにはこれを読みなさいって」

「お読みになったんですか」

「まだよ」

「お読みよ、お由紀、いまこそ、いざというときじゃない」

涼子がけしかける。

由紀子はためらった。しかし、自分から告白したことで、もったいぶっていてもしかたない。封書を破って一通の書状を取り出した。

IV

君にしかできないことだ冬の空

「…………」

「俳句、よね」

「ロコツに季語もはいってて、五七五の形式は踏んでますけど」

「それで結局、ソーカンは何がいいたいわけ？」

「わたしに尋《き》かないでくれる!?」

由紀子の声が、いやに低くなった。さらにけしかけようとしていた涼子が、開きかけていた紅唇を閉ざすと、私に一瞥《いちべつ》をくれて半歩後退する。由紀子のストレスが爆発寸前であることを察知したと見える。

岸本がささやいた。

「何か秘策が記してある、というんじゃなかったんですね」

「アホ、『三国志』の読みすぎよ。どんな秘策があるっていうのさ」

「せめて、『何があっても責任は私がとる』とでも書いてあればよかったんですがね」

私たちがささやきあっていると、由紀子がいきなり乱暴に「俳句」をスーツのポケットに押しこんだ。

私たちは男女に分かれて熱い温泉で身体をあたためたが、岸本といっしょに入浴したことをくわしく書く必要もないだろう。

例の竹垣の向こうでは四人の美女が入浴しているわけだが、目の前で岸本がたるみきった顔で浮いているのを見ると、浮世絵的な想像力もはたらかない。

身体の芯《しん》まであたたまる。さっさと風呂を出ると、自分の部屋へいってスーツからスキーウェアに着がえた。すると、のこのこ岸本もはいってきて、

「コーヒー牛乳、売ってないんですねえ」

とぬかす。

「おれやお前さんが出張で泊まるような宿じゃないんだよ！　さっさと着がえてこい！」

「はーい」

女性軍のほうでも、みなスキーウェアに着がえた。由紀子はコート姿でやってきたのだが、涼子が予備のスキーウェアを貸してやったらしい。

「泉田クン、あたし、実は部長の特命で、非常事態発生の際に処理するよういわれてるの。はりきって警備部の鼻をあかしてやるのよ。いい？」

「ふうん、そうですか」

私はすなおに信じる気になれなかった。刑事部長に本気で「事件」を解決する気があるのなら、薬師寺涼子をわざわざ派遣するだろうか。うやむやに迷宮入りさせるため、涼子を選んだにちがいない。

なにしろ、「国家戦略特区水沢統合《I》リゾート《R》地区」開設式の直前である。トバク場の開設に、国家の威信がかかっている。ばかばかしさもきわまれりだ。

憮然《ぶぜん》とした表情になっているにちがいない私の顔を、涼子がのぞきこんだ。

「わかったみたいね」

「はあ、まあ、何となく」

「ふてくされるんじゃないの。あたしたちは、スキーをやって、温泉に浸《つ》かって、おいしいもの食べて、警視庁《ほんしゃ》に帰ったら、『何もありませんでしたあ』と報告すりゃいいの。それで、すべてが丸くおさまるの」

「はあ」

中途ハンパに私はうなずいた。

「何よ、納得できないの？」

「というわけではありませんが……」

「煮えきらない男ね。気にくわないことがあるなら、いってごらんなさいよ」
二、三秒ためらってから、私は上司に答えた。
「あなた自身が不満なんじゃないかと思いまして」

「何が？」

「すべて丸くおさまる、ということがです」

涼子は、ネズミを追いつめたネコのような目つきをしたようである。

「それじゃ、まるで、あたしが、円満解決を望んでいないみたいじゃないの」

「ちがうんですか」

「イヤな男ね――ちがいないわよ」

涼子はサングラスをおろすと、雪景色を見わたした。

「冬にこんなことがおきたのはまずいですね」

「夏だったら、もっとひどいことになってたわよ」

「たしかにそうですね」

完全に熱帯化した日本の夏は、猛暑、豪雨、落雷、熱中症、蚊《か》の大量発生による感染症……と、災厄のオンパレードだ。ひと晩で多数の死者が出ても、おかしくない。冬は凍死のおそれがあるわけだが、それを防止するための「国家戦略」はあるのだろうか。正直、全然、期待できなかった。

「厚着だけじゃ、しのげませんよ。何とかあたためる方法を考えなきゃ」

「火を焚《た》けばいいのよ。ほら、広場のばかでかいクリスマスツリー」

「ああ、ありましたね」

「それに、緊急事態だから何でも燃やしてかまわないでしょ。ソファーだってテーブルだって、救援が来るまで、ありったけ燃やすのよ。人のためになるんだから、ソファーだってよろこぶわ」

「食糧はホテルなどに供出してもらいましょう。というより他に策《て》がありません」

「一万五千人分もあるかな」

「二日もあれば、ヘリで食糧が投下されてくると思われます。それまでの辛抱《しんぼう》です」

まあ首相の救出に成功すれば、あとの有象無象《うぞうむぞう》は、安全第一にゆっくり助け出せばいい。天候さえ安定していれば、陸からも空からも救援の手はいくらでもあるはずだ。天候さえ安定していれば……。

私は翠月荘からもどったが、悲観的にならざるを得なかった。破壊された巨大なガラスウォールからは、強くはないが冬風と雪が吹きこんでくる。自家発電の照明と暖房は、たよりないことおびただしい。

最初、充分に明るかった照明は、一分ごとに薄暗くなっていくようだ。暖房はというと、耐寒訓練を受けている気分になる。ガラスウォールから暖気がどんどん流れ出しているのだった。

一群の男たちは、雪の下から無事な酒瓶を掘り出して、酒で身体をあたためている。

そうなるとかならず、がぶ飲みして酔っぱらう男が出てくるもので、あちこちでイザコザが起きていた。

「速報です」

点《つ》けっぱなしの超大型ＴＶからアナウンサーの声がひびきわたる。

「新潟県水沢町の局地的地震で、一時、消息がとだえていた土部《どべ》首相が、無事に救出されました。首相は水沢町の国家戦略特区、ＩＲミズサワの開所式に出席するため、今日午後から現地入りし、地震と雪崩によって閉じこめられていました。米国のバノン大使も同時に救出されましたが、毛手木《もてぎ》内閣官房副長官は残留して、現場で今後の救出活動の陣頭指揮をとることになっています。現地にはなお一万五千人の人たちが残されておりまして、救出を待っている——そういう状況です。くりかえします、首相は無事に救出されました」

歓声はあがらなかった。それどころではないのだ。

「首相とアメリカ大使が救出されたら、あとはまあ、ゆっくりね」

「できるだけ早く助かりたいんじゃないの、あなたも」

由紀子が皮肉を飛ばした。涼子が、かるく受け流す。

「あたりまえでしょ。単なる観光客だもん。あんたは仕事で来てるんだから、せいぜいマゴコロをこめて働きなさいね。ジャマをしないであげるからさ」

「存在そのものがジャマなんだけど」

とはいわず、由紀子はかるく眼鏡をなおして背を向けた。

地震ニモ負ケズ、雪崩ニモ負ケヌ丈夫なスクリーンは、「世紀の大事件」をくりかえし報道している。首相が救出され、生放送に出演しているので大ヨロコビだ。首相は、あいかわらず、栄養失調のブルドッグのような顔で、林立するマイクの前にすわっていた。

「ただいまより、首相官邸から、首相の会見を緊急実況中継いたします」

このアナウンサーは、女性に暴行をはたらいたとして告訴されたが、不起訴になっていた。やはり首相のオトモダチだ。

「首相、おつかれさまでした。たいへんな目にあわれましたね。ご無事で何よりです」

へつらいむき出しの質問に対して、首相はオウヨウに応じる。

「えー、とにかくでしゅね、残っている皆さんの安全、生命でしゅ。これを守るのを最優先にしなくてはなりましぇん。私は国家の最高責任者としてでしゅね、先頭に立って救出活動に努《つと》める所存でしゅ」

まんまと生命が助かった首相は、メモらしきものにちらちら視線を落としながら、おちついたようすをよそおって答えた。

「よくいうよ」

吐きすてるような声は、毛手木副長官のものだった。

「まっさきに逃げ出しやがったくせして、えらそうに。責任者だと自覚してるなら、自分が最後まで残りやがれ」

内心を声に出していることに、ご本人は気がついていないようだった。「首相《トラ》の威を借るキツネ」といわれている佞臣《ねいしん》だが、当人には当人なりのストレスがあるものらしい。その心の声を聞いたのは、周囲にいるほんの数人だけだった。だが、そのなかに薬師寺涼子がいたのは、運命というものである。

このとき皇帝ペンギンみたいな歩きかたで、副長官の前に進み出た若い男がいた。

「副長官、おひさしぶりですぅ」

「なに、君は……」

副長官の眉が開いた。

「君はたしか、岸本クンだったな。いやー、ひさしぶり。ところで、何でこんなところにいるんだ？」

岸本は胸を張った――というより、腹を突き出した。

「何をかくそう、ボクの正体は、警視庁の警部補なのです」

「えっ、そうなのか、知らなかった」

どうやら副長官も、岸本が全国に張りめぐらしている珍妙なネットワークの一員らしい。

「秘密にしていた正体を、こうして明かしたのも、副長官をお守りしたいマゴコロからです。副長官は日本の将来にとって、なくてはならない御方ですから」

「そうかそうか、君はほんとにマゴコロの人だねえ」

副長官は、すっかり感激の体《てい》である。私は涼子と由紀子のほうをちらりと見やった。ふたりの美女は、何とも形容しづらい表情で岸本をながめている。この青年――といういいかたは、どうも似あわないが――有能なのか無能なのか、役に立つのか立たないのか、いまあらためて判断しかねるようすだった。

V

岸本がヨロコビの声をあげた。

「ショーに出演予定だったケダモノガカリも無事だったようです」

「何だい、それは」

「超有名なアイドルグループですよ！　知らないなんて信じられない」

「信じてもらえなくてもかまわないが、後学のため教えてくれ。そのアイドルグループとやらは、二次元の存在か、それとも三次元か」

「もちろん三次元です！」

「へえ、お前さんにしてはめずらしいな」

「そんなことはないですよ。ボクは美しいものに対して、いつも公平なのです。次元は関係ありません」

なるほど、こいつは三次元的存在の涼子を崇拝《すうはい》しているのだった。

温泉とスキーウェアの霊験《れいげん》あらたかで、ほとんど私は寒さを感じずにすんでいる。凍《こご》えている人々を見ると、すくなからずうしろめたいが、いつか出番が来るだろう、と、私は自分に言いきかせた。

超大型TVの画面の中では、首相はいったん引っこんで、アナウンサーと、「雪にくわしい」専門家が話しあっている。

「水沢町のIR一帯をとりかこんでいる雪は、どれくらいの量なんでしょうか」

「ええと、ドーナツ状でとりかこんでいて、周囲がざっと四十キロ、幅が五キロくらいと推定されてまして……高さは十メートルくらいですか。計算すると、約十億トン以上になりますすね」

「雪のトンネルを五キロ掘るのは可能ですか」

「技術的には可能でしょうが、途中でくずれる恐れがありますし、時間がかかります。いずれにしても、夜が明けてからの話ですね」

「もしかして、それまでに余震があるとか」

「それはまったくわかりません」

専門家がきっぱり答える。

ふと涼子を見ると、どういうつもりか、酔っぱらいの中年男と話しこんでいた。水沢の副町長だ、と、岸本が教えてくれる。耳をそばだててみると、何とふたりは不動産についての話をしているのだった。

「建ったころは、1《ワン》LDK二千万円だったんですが、その後、百万円ちょっとにまで値さがりしました」

「波乱万丈ね」

「IR法案で特区に指定されてから、また値があがりはじめました。いまは、完全リフォーム後に、七、八百万円てところじゃないかなあ」

「将来は？」

「IR、カジノしだいです。ほんとにもう、祈る思いですよ。カジノがだめだったら、廃村、いや廃町になってしまうかもしれません」

「温泉があるじゃないの」

「いまどき温泉だけではねえ……」

副町長は、希望のとぼしい表情をした。口には出さねど、カジノが成功するとは、あまり信じていないようだ。

いったんどこかへ姿を消していた室町由紀子がもどってきた。もともと色白の女《ひと》だが、白さを通りこして顔色が蒼《あお》い。何かあったのだろうか――これ以上！

これまで何度も涼子のトラブルに巻きこまれてきたが、今回がどうやら一番しまつが悪そうだ。相手は地震と雪崩である。いくら涼子でも、ファンタジーゲームの魔道士ではあるまいし、手にあまるだろう。

「泉田警部補……」

「室町警視、何か？」

「ちょっと、いえ、たいへんまずいことがおこったの」

「いったい何です」

「……人死《ひとじに》が出たの」

「あ、それは……ですが、この地震と雪崩です。亡くなった人はお気の毒ですが」

由紀子は頭《かぶり》を振った。

「そうじゃないの……ちょっと、来てくださる?」

「わかりました」

由紀子についていって、カードルームの裏手にまわる。その結果、充分にわかった。死体はいくらでも目撃したが、そこに横たわっていたふたつの死体は、射殺でも絞殺《こうさつ》でもなかった。異様な暴力の痕跡《こんせき》。頸《くび》の後ろ半分は食いちぎられ、流出した血は半ば凍結しつつある。

「クマかしら」

「冬眠中でしょう」

「でも、目がさめて、狂乱して人をおそったのかもしれないわ」

地震に雪崩に狂乱したクマか。とても私の手にはおえない。とくにクマがうろついていると知れたら、あらたなパニックが発生するのは必然である。

「あら、由紀子のいるところ死体ありね」

失礼なことを口にしながら、涼子があらわれた。後ろから岸本がびくびく顔を出す。

「……じゃ、とりあえずクマを捜そうか。岸本、あんたは留守番しておいで」

「ボ、ボクもいきます」

「あんたはジャマよ。副長官のおモリでもしておいで」

「そんなあ、心細いです。置いてかないで」

「副長官を守るマゴコロはどこにいったのさ」

「マゴコロと勇気は別物です。マゴコロはあくまでも――」

「うっとうしい。小学一年生の国語のテストみたいなこというな！」

涼子は一喝し、岸本は泣面《なきつつら》になった。私は調停役を買って出た。

「まあ、つれていってもいいんじゃないですか。こいつがいれば、たいていの高官《おえらがた》と話がつきますよ」

「つかなかったら？」

「そのときは、放り出しゃいいんです」

「それもそうね。じゃ、つれていこう」

涼子、由紀子、リュシエンヌ、マリアンヌ、岸本、それに私の六人は、アリーナを出て雪の中へ踏み出した。マリアンヌとリュシエンヌはペンライトを持って前方を照らし、岸本が解説する。

「あっちはビリヤードルーム、こっちはカードルームです」

「カネのからまない場所はないのかねえ」

「ご冗談を。ここは地獄の一丁目ですよ。カネを費《つか》わせるために、世論を無視して建てられたんですからね」

「パスして、二丁目に行けないかな」

「二丁目はもっとひどいですよ。カネがなきゃ生命をとられます」

私は、またいやなことを思い出した。

「カジノ法案は国会で強行成立したよな。そのとき西日本では豪雨で、たいへんな被害が出てたんだよな、たしか」

「そうですそうです」

そのとき首相は赤坂《あかさか》の料亭で二十人ばかりのオトモダチと宴会を開き、どんちゃんさわぎを演じていた。不思議だったのは、そのことを報道した新聞やＴＶが、たいして批判もしなかったことで……。

カジノの裏手にまわったところで、私は、何やらうごめいている黒い人影に気づいた。

「そこにいるのは、だれだ!?」

ありきたりの言葉を、口調は鋭く投げつける。黒い影は愕然《ぎょっ》としたように動きをとめた。

同時に私は躍《おど》りかかって、宙を泳いでいる相手の右手首をつかんだ。力まかせに手もとに引き寄せておいて、思いきり背中にねじあげる。若い男の悲鳴がおこった。

「痛《いて》え、いてえよ」

「こんなところで何をしている!?」

「泉田クン、質問は手を出す前にするものよ」

よりによって好戦主義の権化《ごんげ》にたしなめられてしまった。しかし正論ではある。私は黒い影——黒っぽいブルゾンを着こんだ若い男だった——の手首を放し、かわりに襟首をつかんで涼子の前に突き出した。

「ここはカジノの事務所の入口よね。こんなところで何をしていたのかな」

「…………」

「いわないと、違法行為にうったえるわよ！」

涼子の鋭い一喝で、

「できごころだ、できごころだよ」

男は泣き声をあげた。

「カジノにはきっと大金が置いてあると思って……もしかしたらって」

「あきれた。あんた、生命とカネと、どっちがだいじなの」

「カネがなければ生きていけない」

「まあ、それはそうだわね。人生の真理だわ」

「納得してどうするんです！」

私はうなった。地震に雪崩にクマ（？）にカジノ強盗候補生。とっくに飽和状態だった。

第三章　今度はクマか？

Ⅰ

カジノに侵入しようとしていた男をつかまえたのは、だいたい午後九時すぎのことだった。こんな男をつかまえていてもしょうがないので、私たちは彼を大ホールまで引っぱっていき、新潟県警本部長に事情を説明して引きわたした。より正確には押しつけたのである。

「警視庁の薬師寺君とは、きみのことか」

本部長は興味深そうに涼子を上から下までながめ、

「ご苦労さん、おてがらだったね」

やや迷惑のこもった声でねぎらうと、部下を呼んで男を押しつけた。日本最初のカジノ強盗になりそこねた男は、成田《なりた》という名だったが、左右を制服警官にはさまれて、どこかへつれていかれた。たぶん、管理事務所あたりだろう。

「ところで、警視庁の刑事部の人たちが、なんでこんなところにいるんだね？」

本部長が、ごくまともな質問をした。涼子は「オホホ」と笑って、思わせぶりな態度で応じる。

「重大な国家戦略の行事でございますもの。警視庁もささやかながら協力をさせていただきたいと存じまして、刑事部からも精鋭を派遣いたしました。何でも遠慮なくお申しつけください。ふたりもおりますから」

「ふたり!?」

本部長の眉が動いた。

「たったふたりだけかね――いや、失礼、ご苦労さまだが……」

「ご心配なく。警視庁の刑事部員は、ひとりで百人分の働きをいたしますから」

本部長は三秒間に五十回ぐらい表情を変えた後、せきばらいした。

「今回のイベントは国策だ。わが県警は三千人を動員した。それで一万五千人を保護しなきゃならん」

「ほんとうにたいへんな事態で、センエツながらご苦労お察しいたします」

涼子が、かるく首をかしげる動作をして、優雅な微笑《ほほえみ》をたたえる。ロウラクする気充分だ。声に出さず、私は警告した。

「本部長、奸計《かんけい》に乗せられちゃいけませんぜ」

何か政府関係のイベントが東京以外の場所であるとき、警視《う》庁《ち》の刑事部長は一も二もなく涼子を派遣するか、いくことを熱心にすすめる。わずかな期間でも、目の前から消えてほしいのだが、たいていは逆効果に終わる。キャリアで刑事部長にまでなる人なのだから、頭が悪いはずはなかろうものを、何度もおなじことのくり返しだ。涼子の美貌に圧倒され、毒気にあてられてのことだろう。

新潟県警本部長が、気をとりなおしたように、ハンカチを取り出して顔をふいた。

「こんなに、おおぜいの人間が孤立したことはないだろうな。なにしろ一万五千人だからな」

「クマのほうは何頭でしょう？」

本部長は愕然《ぎょっ》とした。想定外の、さらに想定外であったろう。混乱したあげく、たいして独創性のないことを口にした。

「あの死体か。クマとはかぎらん」

「じゃ地底人」

「ふざけとるのかね、君は」

「はい、雰囲気をなごませようと思いまして」

しゃあしゃあと言ってのける涼子である。

「とにかく一万五千人はアリーナの中に集合させておくべきです。クマがいなくとも、夜の山中においで少数で行動するのは危険です。さいわい天候は安定しているようですし、もう首相は帰京なさってます」

こういうまともなことを進言するのは、いわずと知れた室町由紀子である。

「なるほど、とりあえず、そうするしかあるまいな」

本部長はうなずいてみせた。

地震と雪崩は天災だが、その後の処理のまずさは人災だ。雪に閉じこめられた一万五千人の男女のうち、一パーセントでも死亡したら、世界レベルのニュースになり、日本政府は批判をまぬかれないだろう。十パーセントになったら？　世界史レベルの事件になり、まっさきに脱出した首相は非難の的となり、ハリウッドが映画をつくるだろう。

首相が非難されるのは自業自得だが、大量の犠牲者を出すわけにはいかない。私たちも何かしなくてはならないだろう。責任はだれがとるのか知らないが。

由紀子のスキーウェアは涼子から借りたものだが、いったい何着、持参してきたのやら。サイズがすこしあっていないのは、涼子のほうが五センチほど身長が高い上、ボディラインにぴたりとフィットしているから、しかたがない。

本部長の前から離れると、涼子が由紀子にささやいた。

「あの本部長、何だかシロウトくさいわね。そう思わない、お由紀？」

「シロウト呼ばわりは失礼だけど、ほぼそのとおりよ。外務省から出向してきている人だもの」

「えッ、そうなの!?」

「そうよ、省庁間の人事交流でね。ええと、たしかミラノで総領事をなさってたんじゃないかしら」

「へーえ、知らなかった」

「ちゃんと人事異動表にのってたでしょ」

ささやかなことながら、これは涼子の完敗だった。だが、形のいい顎《あご》をなでてニヤリとしたところを見ると、

「シロウトか。与《くみ》しやすし」

と、よからぬことを考えたにちがいない。

私が振り向いて本部長を見やると、まっこうから視線がぶつかった。食いいるように涼子を見つめていたのだ。彼はあわてて視線をそらしたが、あかん、もうロウラクされている。責める気にはなれなかった。彼は涼子と初対面で、もちろん彼女の正体を知らない。

「どうかした、泉田クン」

「あ、いえ、お客さんたちがおとなしいんで、ちょっと安心しているところです」

「さあね、日本人は従順でおとなしいっていわれるけど、パニックがおこったら、どうなるかわからないわよ」

涼子のいうとおりだ。過去に関東大震災の悪《あ》しき前例がある。日本人全員が聖人君子《せいじんくんし》のわけがないし、今回のような前例もない。今後、何がおこってもフシギはない。

私は気を引きしめることにした。

だれの指揮《しき》下にはいれ、との指示も受けなかったのをいいことに、涼子はかってにIRの中を歩きまわり、私とマリアンヌ、リュシエンヌはそれにしたがった。だれかに見とがめられると、涼子か私が警察手帳を突き出す。

「警察の者です。巡回中です」

虚言《うそ》はいっていない。「自主的に」の一言を省略しただけだ。それで相手は引きさがる。警察手帳の威力は万能に近い。涼子がキャリアの試験に合格したあと、財務省にも外務省にも目もくれず、警察入りした理由が、あらためてわかった。

IRの半分は豪雪のせいでさんざんなありさまだったが、残る半分は、ほぼ無傷だった。私たちはカジノにはいってスロットマシンやルーレット、カードゲームルームなどを見てまわることにした。映画でしか見たことのない世界がそこにある。本来なら、いまごろ、一万五千人のお客が札束をばらまき、笑ったり歎《なげ》いたりしているところだろうが、薄暗い無人のトバク場は、エネルギーの欠片《かけら》もなく、うすら寒いだけだった。

「まずFSCを見にいってみようか」

「えーと……FSCって何です？」

知ったかぶりをしてもしようがない。正直に尋ねた。

カネがなくなったのに、まだカジノに入りびたりたければどうするか。解答は一《いっ》択《たく》、他人からカネを借りるしかない。

カジノの一角に、そのカネを貸してくれる場所がある。フィナンシャル・サービスセンター、略称FSC。

やっとわかった。

カネを貸すには自分がカネを持っていなくてはならない。FSCの金庫には、何億、何十億もの現金が保管されている。すでにもう搬入されているはずで、いかめしい制服姿のガードマンたちが、かたい表情で周囲を見まわしている。胸にはトランシーバー、腰には伸縮式の警棒、完全装備だ。

「あのガードマンたちのなかにも、警察OBがいるでしょうね」

「当然よ」

「JACESがはいってないとすれば、日本私設警察《NPP》ですか」

「らしいわね」

「えーと、よけいなお世話ですが、ライバルのNPPが参入したのに、なぜJACESはそうしなかったのです?」

「うちの親父はギャンブルがきらいだから」

「どうしてです?」

「『ギャンブルは人生だけでたくさんだ』ってさ」

なかなか含蓄《がんちく》のある台詞《せりふ》だ。たしかに、受験、就職、恋愛、結婚、出産、育児、老人ホームの選択にいたるまで、人生、ギャンブルだらけである。

「泉田クンだってギャンブルやらないでしょ?」

「はあ」

「どうしてさ？」

「あまり考えたこと、なかったですね」

あなたの部下でいることがギャンブルだからです。そうはいわなかった。とっくに見ぬかれている気がする。

II

「ま、どうせまたカジノ強盗があらわれるわ。せいぜい日本私設警察《ＮＰＰ》には、がんばってもらいましょ」

「強盗が成功するのを、祈ってるでしょ？」

「あら、ＮＰＰの失敗を期待してるだけよ」

涼子は愉《たの》しげである。

「不謹慎ですよ」

「かまうもんですか。おカネを盗まれたって、どうせ保険にはいってるんだから」

「たしかにそうですが……」

「その保険も、他の保険にはいってる。さらにその保険も……結局、いったん金融機関にはいったおカネは、ぐるぐるまわって、どこに消えたかわからなくなるのよ」

私は溜息をついた。

「カネは魔物だっていうのは真理ですね。なるべく近づかないようにします」

「あら、近づいていいのよ。利子は安くしとくから、いつでもどうぞ。話はつけておくわよ」

「じょ、上司から借金しようとは思いませんよ」

世の中には、利子よりこわいものがあるのだ。何にせよ、大金とは無縁な人生だが、用心するに如《し》かず。

それにしても。

政府は何をしているんだ。

まあ何もせずに早寝しているということはないだろうが、外界のようすがわからないと、どうしても政府を責めたくなる。とくに、まっさきに首相がヘリで脱出した、となると、取りのこされた者たちは手も足も出ず、ひたすら首をちぢめて救助を待つしかない。

何しろ国際的なリゾートだから、食料やら水やら毛布やら、災害対策の備蓄は充分にしてある、というのがご自慢だったが、倉庫が雪の下に埋もれてしまった。それが無事なら一週間は大丈夫なはずだったそうだが。

「お涼サマ、これまさか人工地震なんてことはないでしょうね」

岸本がタヌキンをひしと抱きしめた。

涼子はせせら笑った。

「人工地震をおこせるような科学力を持ったテロリスト集団がいたら、とっくに世界を征服してるわよ」

それはそのとおりだ。

「というより」

と、涼子はつづけた。

「世界はとっくにテロリスト集団に支配されてるじゃないの。核兵器という大量殺戮《さつりく》兵器を所有してるテロリストどもにさ」

ヨーロッパの反核運動家みたいな台詞を吐く。しかし事実である。

アリーナにもどると、内部はけっこうにぎやかになっていた。人々が手持ちの携帯電話《ガラケー》やスマートフォンで、外界と連絡しているからである。

私はいまさら、携帯電話の電源を切っていたことに気づいて、電源を入れた。警視庁にひとまず連絡しておこうと思ったからである。電源を入れたとたんに着信音が鳴った。

「もしもし、もしもし」

「あッ、マリちゃんか」

「よ、よかった、通じた。泉田さんですね」

「泉田だよ。ありがとう、心配してくれて」

「心配も何も、いまから飛んでいきたいんですが、関越自動車道《カンエツ》も新幹線も、高崎《たかさき》から先はストップしてるんです。動きようがなくて、申しわけありません」

「お前さんのせいじゃないさ、大丈夫、何とかなるよ」

突然、不愉快な音がして、五秒ほどつづいたと思うと、何の音も聴こえなくなった。

「もしもし……もしもし」

二度呼んであきらめた。マリちゃんこと阿部巡査と連絡がついていれば、ずいぶん心づよいのだが、そうそう事がうまく運ぶものではない。これからどうなるやら、またまた溜息が出るというものだった。

膨大な雪の白さは、冬の夜の暗さを圧するようだった。世界は薄ぼんやりと明るく、それが完全なパニックを、寸前でぎりぎりくいとめているのかもしれない。

それにしたって、限界がある。

一万五千人の被災者のあちこちから、声があがりはじめた。

「おい、どうなってるんだ。我々がここにいることは、政府は知ってるんだろ」

「早く助けに来てもらえませんかねえ」

「いまごろ自衛隊がこちらに向かってますよ。もうすこし辛抱しましょう」

「もうすこしって、どれくらい？」

「私は明日、大阪で会議があるんだよ」

「ちょっとだれか外へ出て、ようすを見てきてもらえませんかね」

しばらくざわめきがつづくと、ぴたりとやんで、不安の沈黙にとってかわる。何分かすると、だれかが耐えかねて、また、「どうなってるんだ」と声をあげる。そのくりかえしだ。

ひと晩くらいなら、これで保《も》つかもしれない、問題は防寒対策だが……そう思ったとき、新潟県警本部長の姿が見え、傍にいた人影が早足で近よってきた。

「君、君、警視庁の人！」

「カジノ強盗は引き渡しましたよ」

本部長は、梅干と漢方薬を同時に口にいれたような顔をしていた。

「逃げられたんだよ！」

「ええ!?」

「ちょっと油断した隙《すき》に逃げられた。とんでもないミスだ」

ミスと責任を、この世で一番きらうのが、エリート官僚の性《さが》だ。本部長の顔はそのまま動かなくなっている。

「大丈夫です、本部長、この吹雪《ふぶき》ですよ、外へ逃げられるわけがありません。かならず建物の中に隠れています」

新潟県警の幹部役らしい中年男がはげます。しろうとの本部長を補佐するのは、さぞ気を使うことだろう。おなじ宮づかえの身として、同情に値する。

先ほど、由紀子から聴いたのだが、わざわざ外務省から引っぱってきて県警本部長にすえたのは、首相の直命だそうだ。国際イベントに際して、こんなイナカでも日本人官僚は英語がペラペラだ、と見せつけるために。そういえば英語であいさつしていたが、新潟県に対して失礼な話である。本人はゴホウビに出世することになるのだろうが、このまま大惨事にでもなれば、そうはいくまい。

だれも彼も、楽じゃないな。

そう思いながら、私はアリーナの外に出てみることにした。化粧室にいくといって姿を消した涼子たちをただ待っていても、しかたがない。

アリーナの入口にいる制服警官に手帳を見せて外に一歩出ると、たちまち、ひざの近くまで雪に沈んだ。私は溜息をついて、ようやく雪から脚を引きぬいた。そしてアリーナの壁にそって一分ほど歩いたところで、ばったり当の成田に出くわしたのだ。

「待て！」

「だれが待つか！」

形式に則《のっと》った怒声《どせい》をかわしあいながら、私と彼とは深い雪の上で、しばらく追いかけっこをつづけた。

見ていた人がいれば、初歩的なパフォーマンスと思ったかもしれない。ふたりともスノーブーツではないせいか、そもそも不器用なせいなのか、算《かぞ》えきれないほど転倒した。

すべってはころび、起きあがってはころぶ。それでも私のほうが、多少、何かにつけ上まわっていたようで、ついに手を伸ばして相手のキザなマフラーをつかむのに成功した。

「おとなしくしろ！」

「な、何だよ、おれが何したってんだ」

「心あたりがないなら、なぜ逃げる」

「追っかけられたからだ」

「ああ、そうかい。こちらには、追う理由があったもんでね」

成田という男は、懸命にマフラーをはずそうとする。そうはさせじ、と私はマフラーをつかみ、力いっぱい引き寄せた。成田は苦しげなうめき声をあげて、ずるずると引き寄せられる。適当なところで、私はマフラーから襟首へ手をうつした。

「観念しろ」

成田は両手をばたつかせたが、手を伸ばしたところにスキー板やストックが、つごうよく放置されているのに気づいた。もちろん彼はストックの一本をつかんだ。

ストックの尖端《せんたん》が、私の左眼めがけて突き出される。

もし私が尖端恐怖症だったら、思わず両眼を閉じて立ちすくんだあげく、左の眼球にストックの尖端を突き刺されていただろう。そうでなかったことを、神さまに感謝しながら、私は大きくのけぞり、そのままあおむけに後方へ倒れた。

深い雪の上だ。痛くはない。ストックは私の眼ではなく宙をつらぬいた。相手の腕が伸びきったところへ、左脚を思いきりはねあげる。

ストックが雪の中を舞った。成田はよろめく。かたい地面ならそんなことはなかっただろうが、深いやわらかい雪の上で、足を踏みしめることができなかった。よろめき、片足をさらに雪に埋めこんでしまう。

私も、やわらかい雪面を蹴ってはね起きることができなかった。雪に沈むことを警戒しながら、上半身を投げ出すようにタックルする。

成田は、はでに雪を舞いあげながら、あおむけに倒れた。私はその勢いに牽《ひ》かれるように起きあがって、そのままのしかかった。

猛烈に腹が立っていたから、一発張りとばしてやろう、と右手を振りあげたところで、私は硬直した。成田の向こうにだれかが――いや、何かが立っている。白々《しらじら》とした雪景色のなかでも輪郭《りんかく》がわかり、両眼らしきものが赤く燃えていた。

「クマ!?」

日本にシロクマがいるはずがない。それでも思わず私が声をあげると、私の隙をねらっていた成田も、愕然《ぎょっ》として首をひねった。私は自力以上のパワーとスピードではね起きた。

容赦《ようしゃ》している場合ではない。私はスキー板をかまえるが早いか、突進してきたクマの顔面に思いきりたたきつけた。

正当防衛だと思うが、動物虐待罪《ぎゃくたいざい》に問われるかもしれない。いずれにせよ、クマはびくともしなかった。

低く重いうなり声をあげて、クマは私に向けて前肢《まえあし》を伸ばした。その足もとで、成田は両手で頭をかかえている。

突如だった。クマはひと声うめくと、くるりと背を向け、四つんばいになると、たちまち雪の中へ姿を消した。口もとが赤く染まっていたようだ。私が虚脱していると、背中をたたかれた。

「よくやった、わが従者」

涼子たちが駆けつけたのだった。早くも成田は、ふたりのメイドに取りおさえられている。

「ま、また雪が降りはじめましたよう。おまけにクマまで出てくるなんて」

岸本の泣き声を、私は軽蔑《けいべつ》する気になれなかった。一万五千人を救出するのに、雪が降っているのといないのとでは、天地の差だ。

「それにしてもクマまで出るなんて……」

由紀子の顔だけでなく声まで蒼《あお》ざめた。涼子は成田の襟首をつかんで立ちあがらせた。

常識を逸《いっ》しているように思われた。見る見る雪の勢いは増していき、ちらつくどころか強風を埋めつくすような勢いで舞いくるう。私たちはあわててアリーナにはいり、ドアを閉めた。

「こ、これじゃヘリなんて出動できませんよ」

「ああ、二次災害の恐れ大だな」

「か、風までどんどん強くなってきました」

いちいち不吉な報告をされなくても、わかっている。

ふてくされた成田をあらためて新潟県警に引きわたし、私たち警視庁組は何となく、ひとかたまりになっていた。

「しかし、こんなテイタラクでどうやって一万五千人を救出するんです？　道路も鉄道もストップで、輸送なんかできませんよ」

「トバク場に閉じこめられた一万五千人の運命やいかに。刮目《かつもく》して次回を待て！」

「警視どのー」

「とりあえず一万五千人分の食糧と宿泊所がどうなるかしらね」

涼子が根本的な問題を指摘した。

「地震も雪崩も想定外です。ＩＲはまだ正式に開所したばかりですしね」

「そう、想定外。すてきな日本語ねー。この一語で、だれも責任をとらなくてすむんだから、流行をすぎて定着するはずだわ」

「といって、今回まさか一万五千人を見殺しにするわけにはいきませんよ。気象が安定して、時間さえあれば……」

「そうね、気象さえ安定すればね」

涼子が、平然として、不吉きわまることを口にした。とたんに余震だろうか、アリーナ全体が揺れて、不安の声があちこちからあがる。

涼子がうそぶく。

「ま、ケンカになったら、せいぜい高く売りつけてやるわよ。この商売、言い値だからね」

「何ですか、商売って」

「君は知らなくていいの」

どういうつもりか、涼子は、振り向きざまに手を伸ばし、私の額《ひたい》を指ではじいた。

III

なるべく時系列にそって整然と記録していきたいのだが、午後十時ごろからそうもいかなくなってきた。外界との連絡が、いっせいに途絶したのである。いきなりTVスクリーンが映らなくなった。警察通信がとぎれた。それどころか、各個人の所有していた携帯電話《ガラケー》やスマートフォンが、すべて通じなくなった。

「何よ、これ、ありえない」

涼子が眉をしかめた。由紀子も困惑の体《てい》で、

「いったい、どうしたのかしら」

突然、トイレのマットを引き裂くような大声がした。

「た、助けてくれえ！」

涼子はバネがはじけるような勢いで立ちあがると、一瞬だけ私に視線を投げ、一言もなく、悲鳴の方角へ走り出した。私も無言のまま彼女にしたがう。

一歩ごとに元気が出てくる。やるべきことがある、というのは、人間の力の源泉であるとよくわかった。

アリーナの観客席の外へ出ると、おそろしい光景があった。寒さでバカになった鼻にも血臭《けつしゆう》がただよってくる。スタッフルームの方角へと走ると、赤く汚された物体が三、四個ころがっていた。ひとりの中年男が壁ぎわにへたりこみ、両手で頭をかかえ

て、叫びつづけている。

さらにその奥の薄闇のなかへ、溶けこもうとする影があった。涼子が、そのへんに落ちていたスキーのストックをつかんで走り出そうとする。男の手がその足首をつかんだ。

「い、いくな、わ、私を守れ」

涼子のストックの鼻先は、小牛田副大臣の高くもない鼻の頂点に突きつけられた。

「ちょっとでも動くと、鼻の穴が三つになるわよ」

「わ、私をだれだと思ってる？　総務副大臣だぞ、首相の側近だぞ。私をないがしろにすると……」

「ご心配なく、ちゃんと知ってるから。いい年齢《とし》してギャアギャアさわぐんじゃない」

涼子は私や由紀子のほうを見た。

「このドジ男のために、何者かを逃がしちゃった。腹の立つ！」

「うかつに追わないほうがいいです。この死体を見てください。さっきのクマかもしれません」

「やっぱりクマか！」

副大臣が叫んだ。

「追うな、私を守るんだ」

私が彼を助けおこすと、涼子がぐりぐりとストックの尖端をまわした。

「将来、首相になりたいんでしょ？　だったら、もっとしっかりなさい」

「…………」

「どうなのさ、はっきりおし！」

「……な、なりたい」

「悪びれなくてもいいわよ。いまの首相でさえ、つとまってるんだから、あんたにだってどうにかなるでしょ。ならなかったら、日本が亡《ほろ》びるだけよ。ほら、手をお放し！」

思いきり華麗で意地悪な笑みをのこすと、涼子は、

「泉田クン、何してるの、置いていくよ」

さっさと歩き出した。自分ひとりでどこへでも出かけていく人物にしては、えらそうな言種《いいぐさ》である。

百歩もいかないうちに、すくない金髪を振り乱したピンクの顔色の大男が、涼子の前にフラフラと立ちはだかった。

「リョーコ！　君はリョーコ・ヤクシージだろ、おぼえとるぞ」

「残念ね。あたしは忘れてるわ」

「私はこのカジノに五千万ドル投資しているんだぞ。どうしてくれるんだ！」

「あきらめるのね。投資家としての目が曇ってたのよ」

　涼子は突っぱねた。

「あたしは一円も一セントも出さなかったからね。だいたい、被害者面《づら》してるけど、保険にはいってるんでしょ。損はしないはずよね」

「……ほ、保険にはいるのは当然だ」

「そりゃそうよね。ローリスク・ハイリターンなんて、ずうずうしいにもほどがあるもの」

「君たちの一家だって、そうじゃないか」

「あら、ちょっとちがうわよ。わが家は伝統的にノーリスク・ハイリターンなの」

　アメリカ人富豪は立ちすくみ、涼子はわざとらしく口笛を吹いて、ふたたび歩き出す。マリアンヌとリュシエンヌが後につづいた。

　ショッピング・ストリートの被害状況を見てまわる、というのだ。私は気まぐれな女王サマに、おとなしくついていった。

ストリートの左右すべてが、外国のブランド品の免税店だった。宝飾品、時計、化粧品、高級食品……無惨に割れたウィンドウの内外に散乱している。成田がＦＳＣをねらう気になったのも、むべなるかな。

「うわあ、ここもひどいな」

ＮＰＰの褐色の制服を着た男たちが、後からやって来た。

「外国人だ！」

現在の日本をおおっている薄気味の悪い空気が、ひとりの口から言葉になって飛び出した。

「こんなことをするのは、日本人にはいない。外国人に決まっとる。外国人をただちに拘束しろ！　これ以上、掠奪《りゃくだつ》をさせるな！」

「警視……」

「ほっときなさい、レイシストのたわごとよ、いまのところはね。ＮＰＰのボスは排外右翼のスポンサーだから」

涼子の声には、軽蔑と怒りがないまぜになっている。

「やっぱりマリちゃんに来てもらえばよかったなあ」

あらためて私はグチをこぼした。信用できる怪力の大男――『三銃士』に登場するポルトスみたいなものだ。

しかし、阿部真理夫が駆けつけて来てくれても、この雪に対しては無力に近いだろう。

「まあ、何とか自分たちで切りぬけるしかないか」

口に出してしまったらしい。涼子が振り向いた。

「そうよ、あたしがいるんだから、安心おし。助ける価値のある人間は助けるからさ」

かるく片目を閉じてみせる。このあたりの言動が、上層部《おえらがた》のストレスの原因、そのひとつなんだろうな。それにしても、私自身には助かるだけの価値があるのだろうか。つい考えてしまった。

「まったく、どこへいってたの」

アリーナにもどると、室町由紀子が、ややとがめるように質《ただ》した。ちょっとね、というのが涼子の返答である。

「とっ、とりあえず民間人のみなさん、アリーナの外へ出ないでください」

岸本の声がメガフォンから流れ出す。

「アリーナの屋内《なか》が、いちばん安全です。それと、食料も各ホテルなどに備蓄されていますので大丈夫です。外からは、警察、自衛隊、消防が全力をあげて救出活動をおこなっていますから、ご心配にはおよびません。おちついて、どうか、パニックをおこさないようにお願いします」

へえ、まともな発言もできるじゃないか。

私は感心した。考えてみれば、岸本は、私なんかよりよっぽど偏差値の高い大学の卒業生である。そのていどのことは言えるだろう。

それにしても、これからの長い夜が思いやられる。

Ⅳ

周囲の雰囲気は、妙に明るくなった。どうやら助かりそうだ、という共通認識ができあがったのである。安堵《ホッと》すると、舌もかるくなるものらしい。

「あとどれくらいで助けてもらえますかな」

「この分だと、明日ぐらいには、ヘリに乗れるんじゃないですか」

「わたしゃヘリに乗るのは生まれてはじめてです」

「ぼくもですよ」

「どんな乗り心地でしょうかね」

「助かるとわかったら、何ですな、もういっぺんぐらい温泉に浸《つ》かりたくなりましたよ」

「何べんでもいいですなあ」

お気楽なものだが、パニックをおこされるより、よほどいい。私としては、どこかにひそんでいるクマのことを教えてあげたかったが、それこそパニックを巻きおこすだろう。

「泉田クン」

「はい」

「上司のストレスって、部下より大きいのよ」

「はあ……」

「わかってるの、ええ!?」

「わかってます」

虚言《うそ》ではない。涼子の上司である刑事部長のかかえたストレスは、たいへんなものだろう。部下の部下としては、多少、利用されるぐらいのことは甘受《かんじゅ》しなくてはならないかもしれない——もちろん限度はあるが。

私には、涼子の部下としてのストレスもある。涼子が上司に意地悪するのはご自由だが、こまるのは、部下を置き去りにして姿をくらますことだ。その間に何をたくらんでいるものやら、知れたものではない。

どこへ行っていたのか問うてみても、「あら、化粧室よ」と答えられたら、それ以上どうしようもないのである。

とりあえず、クマの件は、新潟県警には知らせておくことにした。

「ク、クマですか？」

「まだはっきりしたことはわかりません。なるべく大勢でかたまって、動揺しないようにしてください」

「は、はい」

「いいですね、おちついて。成人《おとな》がさわげば、子どもは十倍さわぎます」

ＩＲの開設を、町をあげて歓迎している、という名目で、水沢町の高校生たちのブラスバンド部が、式に呼ばれていた。アリーナの一角に、四十人ばかりの制服姿の若い男女がかたまってすわりこんでいる。「ＩＲによる地方創生」とやらいうお題目の被害者たちだ。成人たちの無能のおかげで、家にも帰れず、気の毒なことである。美しい青春の想い出にはなりそうもない。

彼らが、いきなりクマにおそわれでもしたら、たいへんなことになる。やっぱりクマの存在だけは一般市民にも知らせておくべきだろう。そう思っていると、着かざったご婦人がたの会話が聞こえてきた。

「どうしようもありませんわね。待つしかないわ」

「雪がまた降ってきたわ」

「風も出てきたみたい」

「これでクマでも出てきたら……」

「やめてよ、こんなときに」

袖を引く者がいる。振り向くと岸本である。

「あのー、も、もしもですね、明日、吹雪にでもなったら、ボクたち、どうなるんでしょう」

「どうなる、じゃなくて、どうする、とおっしゃい」

由紀子がたしなめた。

「そんなことおっしゃられても、どうしようもないですよ。あー、早くここを出たいなあ」

「外にはクマがいるわよ」

涼子が冷笑し、岸本は慄《ふる》えあがった。

「クマねえ……」

「何よ、何かあるの、泉田クン」

「いえ、べつに」

私は浮かびかけた疑問を外野に放り投げた。

ふたたび岸本が、泣き声に近い声で、むだに正しいことをいう。

「この吹雪じゃ、ヘリどころか、地上で活動するのも不可能ですよ」

岸本のいうことは正しいが、それでだれも元気にはならなかった。

アリーナの損傷が思ったよりすくなかったのが不幸中の幸いで、とりあえず一万五千人が屋根の下にいられる。しかし、ときおり風が強くなって、ごおっというunなりがたち、雪が舞いこんでくる。人々の不安は募《つの》る一方で、いつパニックが炸裂《さくれつ》するか知れたものではなかった。

こんなときこそ政府高官が、半壊したステージの上に立って人々をはげますべきなのだろうが、まっさきに首相が逃げ出したのは、どんな弁明をしようと、人々を元気づけることにはならなかった。

「あたしひとりだったら、何とか脱出できると思うけどね」

涼子は言い放ったが、すぐ表情をあらためた。

「みんな足手まとい。これじゃ全滅だわ」

「かるがるしいわよ、お涼」

「はいはい、風紀委員さま、軽率な発言でございました。でもさ、岸本のいうとおり、雪も風もやまなかったら、とんでもないことになるわよ」

私は心の中で服の襟を立てた。首すじが寒くなったのだ。一万五千人が凍死？　二十一世紀の先進国にあるまじき惨事。

「晴天なら、時間がかかっても何とかなると思うけど……雪がやむのを天に祈るしかないのかしら」

「あたしは祈らないわ。だって逆効果になるだけだからね」

もっともだ、と私は思った。しかし、雪がやまないのは、ひそかに涼子が祈っているからではあるまいな。

「群馬県警にも動員がかかったかしら」

この性悪な――といいたくなる――豪雪に対処するには、人海戦術しかないように思われた。

「五百人や千人じゃどうしようもないわよ」

涼子がいったので、私は皮肉で応じた。

「こんなときこそ、ＪＡＣＥＳの精鋭を投入していただきたいものですね」

「いくらになるかな」

「カネとるんですか!?」

「商売だもの」

「ボクたち、翠月荘までいけたでしょ？　みんなを分散させて、あちこちの温泉旅館やホテルに避難させたらどうです？」

岸本が提案した。しかし、人々を分散させるのは、かえって危険なことだった。

Ⅴ

幸運はひとりでやって来るが、不幸は友人をつれてやって来る。気分が悪くなる人々がつぎつぎとあらわれた。

「どなたか、お医者さまはいらっしゃいませんか!?」

室町由紀子が叫んでいる。しばらく反応がなかったのは、こんな事態で責任をとらされるのが、いやだったからだろうか。だが、二度めに由紀子が叫んだとき、何本かの腕があがり、何人かが立ちあがった。

「ああ、ご協力ありがとうございます」

「いや、協力はしたいんですがね」

白髪の男性が、困惑したように応じる。

「医療の道具を持ってきておらんのですよ。お役に立てるかどうか……」

「大丈夫です、医務室があるそうですので」

由紀子の指示で、IRのスタッフが飛んできて、十人ばかりの男女をどこかへ案内していった。またクマのことが頭に浮かんで、私は憮然とした。こんなとき、いかに事態を知らせるか、決心がつかない。結局、涼子がいわないので私もだまっていることにした。やはり部下は部下だけのことでしかない。

午後十時三十分。

状況に変化はない。外界で何が生《しよう》じているかは、まったくわからなかった。官房副長官の毛手木は、アリーナの最上層にあるVIPルームにこもったまま出てこない。秘書や警護官《SP》をひきつれて、たてこもっているという案配だ。ときおり、新潟県知事や新潟県警本部長などが出たりはいったりしている。そのつど、

「ご心配にはおよびません。自衛隊や消防が全力をあげて救出作業をおこなっており

ます」

という発表がおこなわれるが、力のない拍手が義理のようにおこるだけで、涼子にいわせると、

「元気も意気もやる気もないわね」

ということになる。しかし由紀子も疲労気味で、私の見たところ、元気なのは涼子だけだった。

「もういちど温泉にはいりたいなあ」

岸本がしみじみという。

「ぜいたくいうな」

私は、岸本が抱いているものに気づいた。

「お前さんは、二次元では、『レオタード戦士ルン』ひとすじだと思っていたがな」

「ルンは永遠ですが、あたらしいものを否定するのは、オタクとして恥ずべき覇気《はき》の欠如《けつじょ》です」

「覇気!?」

辞書を書きかえる必要があるな、これは。

「お前さんの愛情がさまよっているのはご自由だが、これからどうするか、キャリア

さんにはいい知恵があるかね？」

「それ、お涼さまにすべき質問じゃないですかね」

「あたしだけじゃなく、お由紀にもでしょ」

スノーブーツの踵《かかと》を鳴らして、涼子がやって来た。由紀子にマリアンヌ、リュシエンヌもいっしょである。

「そうだ、成田ってやつはどうしてます？」

私はふと尋《き》いてみた。

「知りたい？」

「はあ、まあ」

「だいじにされてるわよ」

「え、何で？」

「成田って、総務副大臣の隠し子なんだって」

「は!?」

私は口をあけてしまった。私の貧弱な想像力では、とうていおよばない事実である。

「そ、そんなこと新聞でもＴＶでも読んだことは……」

「報道するわけないでしょ。母親の姓を名乗ってるけどね」

「はあ、なるほどね」

「他にいいようがないから、許したげる。それにしても、マヌケもいいところね。何で成田なんか放っておいて、とっとと逃げ出さなかったのよ。君があれほど蛮勇《ばんゆう》だとは思わなかった」

「ご心配おかけしました」

上司の影響です、とはいわなかった。

「いろいろあるもんですねえ」

「ま、いいわ。メクジラたてるほどの大物でもなし、副大臣の弱みはにぎったし」

ごくおおざっぱに分類して、いわゆる「隠し子」には三種類ある――とは、丸岡警部の説だ。一種めは、父の権勢を利用して好きかってにふるまい、ときには法も破る「ドラ息子タイプ」。二種めは、父に反発し、自力で父をしのごうとする「野心家タイプ」。三種めは自分の出生を恥じ、世の中の片隅でひっそり生きていこうとする「隠者タイプ」。

総務副大臣の息子は、すくなくとも三番めではないらしい。いずれにしろ、もう私の知ったことではない。

「クマ、一頭だけでしょうかね」

岸本が、こわごわと発言する。こいつの意見や疑問は、あんがい正しい場合が多いのだが、妙にシャクにさわるのはなぜだろう。他人の不安の核をチクチク刺すからだろうか。

警視庁組の四人があつまると、クマの話が出てくる。私は、ひとつ気になっていたことを口にした。

「クマといっても、ヒグマじゃなくてツキノワグマでしょう？　あそこまでの殺傷力

がありますかね」

「人間以上の殺傷力はあるでしょうけど……」

こわばった声で答えて、由紀子はハンカチで口もとをおさえた。

「す、すみません、大丈夫ですか？」

「……ええ、もちろん」

気丈に答える。

午後十一時。またも余震。

アリーナの天井でぐらぐら揺れていたシャンデリアの鎖《くさり》が切れて、すさまじい音と

ともにステージに落下した。シャンデリアはひしゃげ、ステージの床は割れ、ガラス

や建材が飛散した。悲鳴がかさなり、女性の泣き声がおきる。ステージ上にいた何人かが、はねとばされた。

「もうたくさんだ！　これ以上はゴメンだ。警察は何をしてる。自衛隊は何をしてるんだ！　さっさとヘリをよこして、おれを助け出せ！」

内閣官房副長官の毛手木が、声の主だった。

毛手木がヒステリックにわめきたてるのも無理はなかった。外部との通信が絶たれ、情報が途絶したら、ＩＲミズサワは孤立する。現在でも孤立はしているのだが、ＴＶが映れば外界のようすはわかる。それすら途絶しているのだから。それにしても、普通の人々や高校生より先に、四十代の政府高官が逆上するとは思わなかった。

もし私が、神か悪魔か超能力者だったら、外界で政府や自衛隊や警察が何をしているか、透視できただろう。だが、残念ながらそうではなかった。

「あの、失礼します」

ぶっきらぼうな声がして、背は低いががたくましい体格の中年男が私たちの前に立った。

「新潟県警刑事部の木谷《きたに》と申します」

警視庁は人手がたりないから、てつだいにいけ、と命じられたそうだ。

「わざわざ東京からのお出まし、ご苦労さまです」

木谷刑事の声には毒があったが、それも当然だろう。自分たちの正当な任務を、よそ者に横どりされたのだから。

「おじゃましないようにします」

とりあえず、できるだけ腰を低くした。

「そうしていただければ、ありがたいですな。ところで、もうおひとりは……」

木谷は涼子を見て愕然《ぎょっ》としたようだった。

「キャリアの女性警察官僚」という前情報と、あまりにイメージがちがいすぎたからだろう。

「あんたも……いや、あなたも……」

「警視庁刑事部の薬師寺と申します。よろしくご指導を願います」

木谷はうろたえ、涼子は鄭重《ていちょう》な態度と甘い笑顔で彼をからかっている。私は半分、彼を救うつもりで、名乗りをあげ、ついでにこのさい地元の専門家に質問してみることにしたのだった。

「冬眠しそこねたクマが、スキーヤーや登山者をおそった、という話はありますか」

「他はどうだか知らんけど、水沢じゃ聞いたことがねえなあ」

木谷刑事はそっけなく答えた。

「だいたい、そんなところで、だれもスキーなんかしないって」

木谷はなるべく涼子のほうを見ないようにしている。涼子のほうは愉快そうに木谷を見つめていた。

「まあ、成田はともかく、今後、似たようなことがおこらないともかぎらないからね。よろしく頼むわよ」

「は、はあ……」

木谷がどぎまぎしたようすで、中途半端な礼をした。そのとき、アリーナのＶＩＰ席で怒声がひびきわたった。

第四章　大雪ナマズとは？

I

ＶＩＰルームはアリーナの観客席の最上層にあって、強化ガラスで前面がおおわれた個室になっている。選ばれたエリートたちが、ここからさまざまなショーをごらんあそばすわけだ。広さや調度は豪華ホテルのスイートルームのリビングを想像すればいい。とにかく、前面はガラス張りだから、室内のようすが、あるていどは見える。どなり声をかわしているのは、内閣官房副長官の毛手木と、新潟県知事らしい。観察してみるに、副長官のほうがいきりたって攻撃し、知事は防戦にまわっているようだ。

涼子の瞳が、かがやいた。上層部《おえらがた》どうしのケンカほど、彼女の好意的関心をそそるものはないのだ。

　だれの許しもえず、涼子はＶＩＰルームへと足を運んだ。私も黙然とそれにつづく。さえぎろうとする新潟県警の警官に警察手帳を突きつけて、茫然とさせ、かってに室内に踏みこんだ。

「自家発電用の灯油が、もうないだと！」

　毛手木がどなっている。他人を威圧しているというより、どなることで何とか自分自身のアイデンティティをささえているように見えた。

　知事の秘書らしい壮年の男性が、おずおずと応じる。

「開所以後、順次、備蓄をふやしていく予定になっておりました」

「悠長《ゆうちょう》な！」

　毛手木は罪のない秘書官を、血走った目でにらみつけた。すこしの間、考えこんでいたが、うなるように命じる。

「家具を燃やせ」

「ええッ」

「どうせ、こわれてるんだ。燃料にする以外、使途《つかいみち》がないだろう」

「で、ですが、火事になったら……」

「火事がどうした！　そろって凍死するよりましだろう。そうだ、火をつけて雪をとかしてしまえ！」

毛手木のとりみだしようは尋常《じんじょう》ではなかった。屈強な制服警官が四人がかりで、おさえこもうとしている。毛手木はアドレナリン全開のようだ。拳《こぶし》をつくって警官をなぐる。警官のほうはまさかなぐりかえすわけにいかない。両脇からかかえあげられると、両足をばたつかせて蹴とばす。

突然、涼子が毛手木に向かって歩き出した。つかつかと、という形容そのまま、ためらいなく近づく。

「あぶない！　さがって！」

制止の声を無視し、もみあう五人の男たちの間を、するりとすりぬけた。Uターンして私たちのほうへもどってくる。あとには、胎児みたいに丸まって床にころがった毛手木と、茫然自失の警官四名がのこされた。涼子は錯乱《さくらん》した政府高官に当て身をくらわせたのだ。

涼子は、そのまま闊歩《かっぽ》してVIPルームを出ていく。三人もそれにつづく。涼子は振り向いて、つづこうとする四人めに声をかけた。

「木谷刑事《さん》」

「はい」

「あたしたち、おとなしくしているから、新潟県警《おたく》のほうへ帰っていいわよ」

「い、いいえ、命令を受けた身ですから、そうはいきません」

「ふーん」

涼子は意地悪そうな目つきをした。この目つきは男を石像のように動けなくしてしまう。

「監視役もたいへんねえ」

「そ、そんな、監視役だなんて」

あせる木谷刑事を、涼子は無視した。

「泉田クン、いくわよ。あたしたちは何があっても、新潟県警に責任を押しつけるようなケチなマネはしないからね」

歩き出す涼子の後を追って、私も歩き出した。

暖房は使えないが、非常用の灯油が備蓄されていたので、石油ストーブが用いられることになった。これはこれで火事の心配が出てくるが、みすみす人々を凍死させるわけにはいかない。これを決定したのは、新潟県知事だそうだ。

たった五十個そこらのストーブでは、千人そこらを暖めるのが精いっぱいだろうが、ないよりましだ。灯油がなくなっても救援が来ないとしたら――毛手木副長官がわめいたように、家具を燃やさなくてはならないかもしれない。その将来《さき》は想像もつかないし、したくもない。

ひっくりかえっているソファーのひとつをおこし、雪をはらって涼子をすわらせた。

「大儀《たいぎ》である」

オウヨウにうなずいて、涼子はすわり、脚を組む。こんなカッコウをしていると、どこか北欧の国の王女さまが、お忍《しの》びで冬の休暇を愉《たの》しんでいるみたいである。

「君たちもおすわり」

彼女の指示にしたがってすわりながら、私は半《なか》ば自問自答した。

「あれ、クマだったんですかねえ」

涼子が、組んだひざの上に肘《ひじ》をのせた。

「クマじゃなかったら、何だっていうの」

「わかりません」

私は混乱していた。まったく、クマじゃなかったら何物だというのだ。

「またどうして、そんな妙な考えをおこしたの？　クマ、らしきものと正面から向きあったんでしょ？」

「ええ、クマらしきものでした」

せいぜい私は言葉をえらび、記憶を引きずり出した。

「そのクマらしきものは、私より身長がすこし高かったんです」

「百九十センチぐらいあった？」

「ツキノワグマにしては大きすぎます」

本州に棲《す》むツキノワグマの体格は、身長百五十センチ、体重は八十キロから百五十キロというところだ。意外と、巨体というわけではないのである。

「クマじゃないかもしれないと？」

「断定はできませんが」

「クマより大きな猛獣とか」

「そんな生物が日本にいますか？」

「こっちが君に尋いてるのよ」

私は考えこんでしまった。ヒグマならそのていどのサイズはめずらしくもないが、海を渡って北海道からやってきたとも思えない。だいたいヒグマだったら、私の一撃ごときで逃げ出したりしないだろう。

いや、それ以前に——。

「日本にシロクマはいないでしょう」

「アルビノかもね」

専門家ではないから、私には否定できなかった。あいまいに、「はあ」と応じる。人間の記憶ほど、いいかげんなものはない。クマというものは黒褐色《こつかっしょく》だと思っていたから、よくよく観察してもいなかった。

「スキー板でぶんなぐったとき、手ごたえはあった？」

そういわれると、何だか自信がなくなってきた。手に弾力がはね返ってきた——つまり手ごたえがあったような気がするのだが、そのときの私が冷静そのものだったとは、とてもいえない。血は？　折れた歯は？

まさか幻覚だったんじゃなかろうな。

私が手袋をはめた両手を見つめて、おそまつな脳細胞をしぼっていると、湯気のたつカップが差し出されてきた。地震と吹雪の暴虐《ぼうぎゃく》をまぬかれたものだろう。黒い熱い液体から立ちのぼるコーヒーの香気。その向こうにマリアンヌの笑顔。

「あ、ありがとう、メルシー」

「ミレディノサシイレ」

その言葉に、涼子のほうを見ると、女王サマは自分もカップを片手に、私を見やってあごをしゃくった。かるく礼をして私はコーヒーをすすった。熱いかたまりが食道から胃へとおりていく。ひとつの考えが浮かんだ。

「ちょっと考えてみたんですが……」

「いってごらん」

「コンピューターにたとえると、あのクマもどきは端末なんじゃないでしょうか。本体がどこかにいる」

「その本体が悪さをしてるわけだ。どこにかくれてるか知らないけど」

涼子が、高い鼻の先を指でこすった。

「捜し出して、おしおきしてやらなきゃ」

決意の声というより、うれしそうだ。やっぱりこの女《ひと》は、敵あってこそのアイデンティティである。

「あまり決めつけないでください。単なる思いつきですから」

「いい線いってるわよ。コーヒーが効《き》いたみたいね」

ほめられているらしい。私はふたたびコーヒーをすすり、自分の思いつきを再検討してみた。穴もないかわり、確たる根拠もない。あいかわらず私は昏迷《こんめい》の中にいた。

II

みしっと天井が鳴って、ひやりとした。地震で痛めつけられた上、雪が屋根につもっている。いつ天井が崩落するか知れたものではない。外へ出たいところだが、吹雪という名の白い厚い壁が立ちはだかっている。

涼子の不機嫌をおさめるには、形のある敵が出現する、これしかない。

とりあえず、私が格闘（?）したクマもどきがいるが、あれでは涼子にとって相手に不足がありすぎる。

「その本体ってどういうやつかしら」

「見たわけじゃなし、想像もつきませんよ。ほんとにいるかどうかもわからないし」

「地震と吹雪をおこせるのよね。地震ときたら、日本には世界に誇るオバケがいるじゃない。名前はどのみち必要だから、とりあえず大雪ナマズと呼ぼう」

「大雪ナマズですか」

私はげんなりした。真剣な戦闘意欲が、たちまち溶けていく。

「そのていどのやつと思えば、たいして怖くもないわ」

「そうですね」

「もっと力強く返答するように」

「はっ」

ばかばかしさをおさえて返答する。表面はともかく、内面で何をくわだてているか、わからない以上、いちいちさからうこともない。

腕時計を見た。まだ日付は変わっていない。いまごろ東京では何がおこっているだろう首相は大言《たいげん》したごとく、救援活動の指揮をとっているだろう。か——安全な場所から。それともべつのパーティーでシャンペンタワーでもこしらえているだろうか。マスコミ各社はヘリかドローンでも飛ばしただろうか。

涼子の傍に室町由紀子が近づくのが見えた。ふたりで何か話しはじめる。こうしてみると、まさに紅《べに》バラと白ユリ。あのふたりがいるのといないのとで、警視庁を見る世間の目もずいぶんちがうだろうなあ。

木谷刑事が白い息を吐き出した。

「警視庁には、すごい美人がそろってるんだね。ＴＶの刑事ドラマみたいだ」

「あのふたりは特別ですよ」

「うーん、だろうなあ」

私が表現した「特別」を、どのていどに解釈したのかわからないが、木谷刑事は納得したようにうなずいた。

「それでねえ、木谷サン」

「何ですか」

「何とか、おたくの本部長と、こちらのふたりとで話ができるよう、とりはからってもらえませんかね」

「と、とんでもない。あたしゃ、そんなことができる大物じゃないよ。それより、泉田サン、うらやましいね、あのふたりと露天風呂にご入浴だって？」

平凡で好色な中年男の顔になっていた。

先ほど、翠月荘の温泉で、竹垣ひとつへだてた向こうでは、涼子と由紀子がにらみあっていた。二時間ミステリードラマの視聴者サービスの状況だが、レベルがちがう。

「どうせなら、竹垣がなけりゃよかったのに、と思いませんかね、泉田サン」

「…………」

「そう思わんかい？」

「あなたは、上司と混浴したいんですか」

「は……あ」

「私はイヤですね。温泉なんてストレス解消のためにはいるもんです。まして、上司と混浴なんてね、ストレス倍増ですよ」

「へえ、そういうもんかね。しかし、あたしに言わせりゃ、ゼイタクってもんだね」

木谷は人の悪い笑いを浮かべたが、すぐにそれを消して吐きすてた。

「まったく、やっちゃいられないよ」

立ちあがって、どこかへ行こうとする。尋ねる気にもなれず、私がすわったままでいると、由紀子がやってきた。

「このなかにクマがはいりこんできたらどうすればいいと思う……？」

「可能性の問題として、どこからでもはいってこられますね」

「ガラスウォールがあのありさまですものね」

「どうします？　みんなに知らせれば……」

「パニックになるわね」

「知らせなければ……」

「犠牲者が出るかもしれない」

あのクマ野郎め。私も、つもりつもったストレスで噴火しそうになった。傍に岸本がいたら、タヌキンを取りあげてから蹴とばしたかもしれない。いじめっ子の心境である。

「気をまわしすぎること、ないわよ」

こんどは涼子の声だった。

「警視庁は四人、新潟県警は三千人。しかも警視庁には、新潟県警に対する指揮権はない。警察庁じゃないんだしね。方針も作業もあっちにまかせておきましょ」

気分屋さんは、やる気をなくしたようだった。

「水がありゃ、人間なんとかなるわよ。あとは待つだけ。水はいざとなりゃ雪をとかせばいいし」

涼子の台詞《せりふ》は野性的というより野生的だ。

「熱源がありません。どうやってとかしますか」

「愛情をこめて抱きしめれば、雪だってとけるでしょ」

「雪がとけても、凍死しますよ！　岸本みたいなヨタはやめてください」

「ひどいなあ」

振り向く必要もなく、声の主は明らかだった。岸本明がタヌキンを抱いてたたずんでいる。こいつはこいつで神出鬼没だ。ちなみに、タヌキンは、いやにつぶらな瞳の子ダヌキである。

さて、すっかり忘れていたが、アリーナ内の人々は空腹をかかえていた。パーティーがはじまってまもなく地震と吹雪におそわれたのだ。料理はほとんどすべて床に落ち、惨憺《さんたん》たるありさまである。お仕着せ姿のスタッフに客がつめよっている。

「食べるものを何とかしてください。非常用の食料を備蓄してないんですか!?」

「だいたい責任者はどこにいるんだ」

「責任者は、だれなんだ！」

そうだ、結局、責任者はだれなのだ。内閣官房副長官、新潟県知事、新潟県警本部長、この三人のうちのだれかだろう。内閣官房副長官の毛手木は、涼子の当て身一発でお休み中である。とすると、県知事か。

「私はスープがかかって火傷《やけど》したぞ。どうしてくれるんだ！」

「ごちそうでなくてかまわないのよ。せめてパンぐらいないの？」

「コーヒーがかかって、シャツがこのざまだ。知事でも副長官でも呼んでこい！」

私たちは警官でも公務員でもないフリをして、ひそひそ会話をかわした。

「一万五千人を全員ヘリで運ぶとしたら、どうなります」

「自衛隊の大型輸送ヘリでも、一度に六〇名ぐらいしか運べない。とすると、二五〇機が必要だけど、日本にそんな数のヘリはないわ」

「一機が二五〇往復するのね」

「お涼ったら！」

由紀子がたしなめたが、もちろん効果はなかった。涼子は、足もとにころがっているグラスを靴先でもてあそびながら、知らん顔だ。

「せめて雪がやめばねえ」

「やめさせられないんですか」

何気なく言ったつもりだったが、皮肉に聞こえたらしく、涼子は私の足の甲を踏んづけた。

「――――！」

「せめて雪が降るのをやめさせることができたらねえ」

しれっとして涼子は言いなおし、脚を組みかえた。

「首相が緊急会見したんだから、救援活動は始まってると思うわ」

由紀子の言葉に、涼子が応じる。

「たぶん除雪車やら雪上車が出動していると思うけど、こう吹雪がはげしいんじゃ、どうしようもないな」

「通信はまだ回復しませんか」

芸のない質問をしてみた。

「TV、ラジオ、ケータイ、スマホ、警察無線……どれもこれも通じないのよ。吹雪がやまないと、どうしようもないわね」

由紀子が力なく肩をすくめてみせる。それにつづいて、駆けてきたリュシエンヌが叫んだ。

「ミレディ、ユキ、ヤンダ」

反射的に私は立ちあがった。

外を見る。リュシエンヌの日本語は、まだ正確ではなくて、雪は降りつづいていた。ただ、小降りになっていて、出ようと思えば出ることができそうだった。

どうせ小降りの状態も長くはつづかないだろう。その間に外に出てみよう、と思ったら、涼子のほうが意思表示が早かった。

「あたし、外に出てみる」

「危険ですよ！」

「そんなこと常識。あたしが危険を恐れるとでも思うの？」

私は申し出た。

「それなら私がもういちど出ます。警視は屋内《なか》でお待ちください」

「あたしが、おもしろいことやるのを、ジャマする気？」

「何かあったら、おもしろいじゃすみませんからね」

涼子は変化球を放った。

「じゃ、いっしょに出よう」

「え!?」

涼子は私のスキーウェアの襟をつかむと、軽快な足どりで外へ向かった。リュシエンヌとマリアンヌは当然のごとくついてくる。制止しようとする警官を警察手帳でだまらせておいて、エントランスを出たとたん、白い矢が無数に突き刺さってきた。また雪が強まったのだ。

「大丈夫ですか!?」

「大丈夫よ。雪がこわくて、かき氷が食えるか」

それから五分ほどかかって、私たちは五メートルほど前進した。それ以上は進めなかった。高い雪の壁が、前、左、右の三方に立ちふさがったのだ。

「これ以上、無理です。もどりましょう」

大声でどならないと聴こえない。音もなく、しんしんと降りつもる雪ではなく、横なぐりの吹雪なのだ。

涼子は不平満々の体《てい》で私をにらんだが、形のいい鼻の頭が赤くなっていて、何だか子どもっぽく見えた。

ほうほうの体《てい》とはこのことだ。アリーナ内にもどって雪をはらい落としていると、

「何てムチャするの！」

室町由紀子が叫んだ。

「ムチャがこわくて、麦茶が飲めるか」

「はいはい、こちらへどうぞ」

私は涼子の腕をとって、建物の中へ引っぱりこんだ。わずかに外より暖かい。

マリアンヌとリュシエンヌがすぐ駆け寄ってくる。由紀子も岸本をしたがえてやって来た。

「やっぱり無理でしょう、お涼」

「何だと、表へ出ろ」

と涼子がどなる寸前に、すばやく私が割りこんだ。

「この吹雪がやまないかぎり、外へ出るのはとても不可能です」

涼子の鋒先《ほこさき》が私に向いた。

「さっき自分ひとりで出たくせに」

「あのころはまだ吹雪でした。いまや雪嵐《ブリザード》です」

通信途絶はもちろんのこと、ヘリコプターが飛んでも、たちまち墜落だ。トバク場の孤立は、解けそうになかった。

III

「VIPルーム以外の非常電源のほうは、どれくらい保《も》つんですか」

「十二時間といっていたけど」

「それなら朝までは充分保ちますね」

「ええ、何もなければね」

由紀子の声には不安と懸念のひびきがあった。はあ、と、私はうなずいた。これ以上、何かがあったら、たまったものではない。

ふと気がついたが、大型ヘリがやってきたとして、どこに着地するのだろう。首相がまんまと逃げおおせたのは、ヘリが政府専用のもので八人乗りの小型だったからだし、まだ吹雪もおきていなかったのだ。

「まったく、どうするんだよ」

と思ったが、ひと息ついて考えると、あけない夜はないし、やまない吹雪もない。ひと晩の辛抱《しんぼう》と思えば、日本人なら耐えられるだろう。ただし、外を徘徊《はいかい》している雪グマがなだれこんできたら、おそろしいことになるが……。

「ムッシュ・イズミダ！」

低いが強くささやく声がして、その方向を見ると、廊下の角からリュシエンヌが手招きしている。私はすばやく左右を見まわした。木谷刑事が腕を組んで居眠りしているようだ。

私はそっと立ちあがり、リュシエンヌのいる場所へ早足で歩いた。リュシエンヌについていくと、廊下の一隅に涼子とマリアンヌがたたずんでいる。

「何ごとです？」

「まあ、聴いてごらん」

手渡されたケータイを耳にあてて、声を出してみた。

「もしもし……」

「あッ、泉田警部補！　あたしです、貝塚《かいづか》です。ご無事でしたか」

貝塚さとみ巡査。刑事部参事官付、つまり先ほどの阿部刑事とともに、私の同僚だ。リュシエンヌやマリアンヌとも友人関係で、何かと役に立つ子である。

「気をつけてくださいね！　明日になったら――」

にわかに、不快な騒音がして、通信はとぎれた。

「通じたんですね。いったい、どうやって」

涼子はご自慢の胸をそらした。

「あたしは天才をふたりかかえてるのよ」

それで得心《とくしん》がいった。

「リュシエンヌですね、さすが」

リュシエンヌは電子工学、マリアンヌは武器の、それぞれ天才なのだ。涼子と三人あわせたら、警視庁の乗っとりぐらい、かるくやってのけそうである。

「で、どう思う、泉田クン」

「リュシエンヌが修復できたということは、この電波障害は人間のしわざということですかね。相当、強力なようですが」

「そうよ」

涼子がうなずいた。

「霊現象じゃない。このトバク場に閉じこめられた者のなかに、強力な通信妨害電波を流してるやつがいる。地震や吹雪が自然のものとしても、それを利用しようとするやつがね」

私はうなずいたが、一万五千人の男女を、全員身体検査するのはムリというものだ。

「そいつのねらいは何でしょう」

「飛躍を承知でいうとね、ねらいはＦＳＣ」

「やっぱり……」

私は納得した。アルセーヌ・ルパン気どりで、ＦＳＣの金庫に詰めこまれている円の札束をねらうやつがいる……。

「ＦＳＣといえば、あの成田という男ですが……」

「ケチな小者よ」

「演技かもしれませんね」

涼子がしぶしぶ承知したので、私は室町由紀子をその場につれてきた。当然、岸本明もくっついてくる。

私が涼子にかわって説明すると、由紀子はすぐに納得した。

「ま、成田がＦＳＣをねらっていたとしても、それこそ想定外もいいところだったわけね。地震や雪崩なんて考えようもないもの」

「そこまで想定するのが一流ってもんよ。どうころんでも、成田は二流以下。新潟県警に見張らせておいて、こちらはボスを捜しましょう」

「ボスねえ……」

私はアリーナの中を見わたした。警官をのぞいたとしても、男女一万五千人。この中から、まず、あやしいやつを捜し出さなくてはならない。

「それに泉田警部補のいった雪グマの件だけど……」

「ま、ひとつひとつ、かたづけていきましょ。じつはあたし、もういちど外へ出てみたいんだ。この目で雪グマを見てみないとね。泉田クン、倉庫から何かさがしてきて。お由紀は残って新潟県警の動きにそなえる。岸本、あんたはいっしょに来るのよ！」

とにかく、武器は必要だ。

日米両国のSPたちが銃を置いていってくれればよかったのだが、彼らにそんな義務はないし、

「ま、シャベル以上のものは望めないな」

私は倉庫内のシャベルを五本、よっこらさと持ちあげた。もとの場所にもどる。

「カッコよくないなあ」

不平を鳴らしながらも、涼子はシャベルを受けとった。マリアンヌとリュシエンヌも、おかしそうに微笑しながら受けとる。四本めを岸本に差し出すと、頰《ほお》をふくらませながら拒否した。

「シャベルを両手で持ったら、タヌキンをどこに置けばいいんです？」

「置く必要がないようにしてやろうか」

涼子がシャベルを振りかざした。

「わっ、わっ、やめてください！」

岸本は愛するタヌキンを背中にまわして、涼子の暴虐をしりぞけた。

根こそぎ倒れた針葉樹の上に、さらに雪が降りつもっていく。ある意味、幻想詩的な光景だ。シャベルを肩にかついで行進する私たちのほうが、光景を台なしにしていた。

行進は長くはつづかなかった。五分間に満たなかっただろう。振りかえると、肩ごしに見えるのは、雪に押しつぶされかかって、薄暗い灯火をゆらめかせているアリーナの影だ。気分の明るくなる代物ではない。

「雪グマ、出てこーい！」

涼子がいらだたしげに叫ぶと、いきなり、二、三メートル先の雪が盛りあがった。

「え……!?」

盛りあがった雪は、みるみるクマの形になっていく。サイズは私がいったとおり。色は雪とおなじで、この点は私がまちがっていた。しかも一体ではない。右に左につぎつぎと雪が盛りあがり、クマの形になっていく。

咆哮《ほうこう》はあがらなかった。無言のまま、雪グマたちは人間たちにおそいかかってきた。

マリアンヌの長い右脚が、半円を描いて、相手の後頭部にたたきこまれる。白い頭部が、くだけ散った。雪グマは、ほとんど音をたてずに倒れた。

その向こうでは、リュシエンヌが雪グマの腹を蹴りつけている。涼子はシャベルでたちまち三頭の雪グマを打ち倒したが、めんどうになったのか、シャベルを放り出すと、四頭めの雪グマの腹にパンチを突き立てた。五頭めのひざを蹴りくだく。

あざやかな闘いぶりの女性軍にひきくらべると、男性軍はさえない。それでも私はシャベルをふるって二頭をたたきのめしたが、岸本はというと、シャベルに振りまわされている。

「きりがないわね」

涼子が舌打ちした。

いったん小やみになっていた雪が、ふたたび強くなってきた。と思うと、風も加わって、強烈に吹きつけてくる。

屋外は猛吹雪。クマもどきの「何か」が動きまわっている。外界との連絡は完全に途絶している。

私の上司にとっては、すばらしい環境だと思われるが、

「こんなところに閉じこめられて、何がおもしろいの。這《は》うな、跳《と》べ、って、ソクラテスもいってるでしょ」

本当かね。

「しかたない。一時、戦略的撤退をしよう。まわれ右！」

息を切らしながら、涼子が提案した。

私は列の最後尾を守りながら、肩ごしに振り向いた。もし雪グマたちが追ってきたら、私たちは彼らを人間たちのもとに案内したことになる。とんでもない愚行《ぐこう》だ。私は蒼くなったが、さいわい追手はなく、無事にアリーナに帰りつくことができた。

「よかった、みんな無事ね」

由紀子が迎えてくれたが、

「ねえ、これからどうなるんですの？」

栄養のいきとどいた身体に、豪奢《ごうしゃ》な冬のドレス（それ以上、私には形容できない）を着こんだ中年のマダムが、割りこんできて詰問《きつもん》した。由紀子が対応する。

「あなたがた、警察の方でしょ？」

「はい、警視庁の」

「だったら何か知ってるでしょう」

「申しわけないのですが、私たちにも何もわからないのです。通信が完全に途絶しておりまして、外のようすは、まったくわかりません」

「わからないって、それじゃどうするの!?」

こういう場合、市民をどう納得させるか、いまだに私には正解がわからない。とにかく、おちついてもらうことだ。

何とかドレスのご婦人をなだめすかしていると、左の腕をつかまれた。こちらは和服をまとった女性で、血相を変え、何の前置きもなしに、

「いないんです」

「はい？」

「子どもがいなくなったんです！　あなた、警察の人だったら、捜してください！」

「わ、わかりました」

不謹慎だが、とりあえず、やるべきことができた。迷子さがしは警察官の仕事の第一歩である。

「お子さんのお名前と特徴を教えてください、年齢も」

「名前は博之《ひろゆき》。背は中ていど、赤いジャケットを着て、年齢は四十一」

私は女性を見なおした。すごい若づくりの厚化粧だが、六十代だろう。

「ええと……迷子ではないと思われます。お手洗いにでも行かれたのではありませんか」

「長すぎるのよ！」

他人のトイレの長さまで、責任は持てない。しかし冷たくあしらうわけにはいかず、とりあえず尋《き》いてみた。

「何か心あたりはありませんか？」

「……あの女だわ」

「女？」

「あの女と、しめしあわせて、ここでおちあって逃げたのよ！　刑事さん、あのふたりを追いかけて！」

私は溜息をおさえた。

「それはどうでしょうか。外は猛吹雪です。五分も歩けば凍死してしまいますよ」

「だったら、心中する気だわ！　わたしにあてつけるために……！」

「…………」

「これだから婿《むこ》養子は！　わたしは村岡《むらおか》さんのほうがいいって言ったのに！」

だれだ、村岡さんって。

「とにかく、絶対に屋内にいらっしゃいますから、どうかご心配なく」

だんだん自分が無責任になっていくのがわかって、私は自己嫌悪におちいった。そこへひょいと上司が顔を出した。

「きっとトイレが遠いんですわ、奥さま、お宅とちがって」

「失礼な。わたしの屋敷は、日本のベルサイユ宮殿と呼ばれておりますのよ」

涼子が形のいい眉をひそめた。

「まあ、何てお気の毒な」

「何ですって？」

「お気の毒だと申しあげたんです」

「な、何で気の毒なの。わたしが住んでいるのは、日本のベル――」

「だって、ベルサイユ宮殿には、おトイレがないんですもの」

ご婦人は目を白黒させて立ちすくむ。涼子は私の腕をつかんでその場を離れた。

「あんなのにかかわってるヒマがあったら、もっと建設的なことなさい」

まったく、いわれるとおりだった。

IV

いかに暴虎馮河《ぼうこひょうが》の涼子でも、猛吹雪のなかをスキーで突破するのは不可能だろう。しかし彼女の主観では、ちがう結論が出るかもしれない。雪でつぶされたガレージから、スノーモービルか雪上車を掘り出すことだってありえる。

しかも彼女ひとりならまだしも、リュシエンヌとマリアンヌという左右の翼がついているから、人間ができることならたいていできるのだ。

涼子が超人ではないにしても、すくなくとも尋常ではない――そうと悟った人物がいて、涼子に面談を申しこんできた。新潟県警本部長どのである。あたふたと近寄ってきた木谷刑事が告げたのだ。

「う、うちの本部長が、警視庁の方々にお会いしたい、と言ってます」

人々のクレームから一時逃れて、私たちはＶＩＰルームに逃げこんだ。新潟県警本部長が、椅子から立ちあがる。

「君たち、何か情報はないか」

すがるような口調だったが、涼子は同情の一片もしめさなかった。

「全然、まったく、何にもございません」

事実だから、しかたない。私たちには何の権限もないのだ。

「お役に立てず、申しわけございません」

頭をさげたのは室町由紀子で、このあたり、たしかにガキ大将と風紀委員である。

私はＶＩＰルームの隅に目をやった。身分不相応な椅子にすわった成田の姿が見えた。太くもない身体をちぢめている。左右を刑事たちにはさまれているので、動くのもままならないようすだ。

こいつは、今回の奇妙な事件で、どんな役まわりを演じているのか。そう思ってにらみつけていると、涼子が私に命じた。

「泉田クン、成田サンに何か尋いてみたらどう？　あたしたち下々の者が知らないことをご存じかもよ」

あらためて成田を見ると、年齢は二十三、四か。やせ型で顔色が悪く、アゴにだけみじかいヒゲをはやして、まあ極端にほめれば芸術家風である。

「どうだ、元気か」

イヤミをいってやると、頬をふくらませてそっぽを向いた。

「お前さんが何者か、いちおうは聴いたがね、何とも得心がいかないんだよ。だいたい、ここへ何しに来たんだ？」

「き、決まってるだろ、カジノで遊ぶためだよ」

「へえ、最初はちがうことをいってたようだが」

「おぼえてないな」

副大臣のお坊ちゃまは、虚勢をはることにしたらしい。そっぽを向いたまま、貧弱なヒゲをなでた。


何度も記《しる》すが、災害や事故のときなど、日本人はあきれるほど従順でおとなしい。だが、自分たちの中に犯罪者がまぎれこんでいる、とわかれば、一気にパニックにおちいるかもしれない。錯乱して屋外へ駆け出す人もいるだろう。

屋外には例の雪グマがいる。

どのあたりで雪グマの存在を新潟県警に告げるべきか。私がそう思ったとき、まるで応じるように涼子が口を開いた。

「本部長、アリーナの外にクマがおります。私の部下が確認いたしました」

「それは聴いたが、どうしろというんだ」

「この吹雪の中、わざわざ出ていく人はいないでしょう。だけど逆に、クマのほうからはいってくる可能性はあります。警戒を厳重にしてくださるよう、具申《ぐしん》いたします」

「クマが……」

「ガラスウォールの破損した部分にバリケードをつくるとか……」

涼子が言い終えないうちに、異音がわきおこった。

「ク、クマだあ！」

必死の声がとどろいた。

「建物の内部《なか》にクマがいるぞ！」

わあっという悲鳴が、それに応じる。

それまで不安や不満をおさえこんでいた群衆が、一度に秩序《ちつじょ》をうしなった。はね起きる者、飛びあがる者、駆け出す者、倒れる者、踏みつけられる者。靴音で床が鳴りひびく。

「ストーブが！」

叫び声があがる。蹴り倒されたストーブが床にころがる。自動消火装置がはたらく間もなく、灯油がこぼれ出て、赤いゆらめきが手近のテーブルクロスを染めあげた。

私は反射的に駆け出し、放り出していたシャベルを取りあげてパーティー会場にとって返した。

野蛮とでも粗暴とでも、好きなようにいってくれ。私は手にしたシャベルを、雪グマの頭にたたきつけた。

雪グマの頭部は、みごとにくだけ散った。これが本物のクマで、飛散したのが赤い血だったら、私もひるんだだろう。だが、すべて真っ白だったから、血なまぐささ、残酷さを感じずにすんだのだ。

感じたのは、べつのことだった。

「こいつ、雪でできている。生物じゃない」

涼子に質《ただ》されていたことに、答えが出た。雪グマは生物ではない。いや、雪でできた生物といえばいいのか。いま頭部を撃砕したときに、血も脳も出てこなかった。すべて雪だった。そして、頭をうしなっても、前肢を振りまわして人間たちを追いまわしている。

こんな生物はいない。生きていないのに動きまわっている。自力で動きまわっているのではなかった。何者かにあやつられているのだ。

報告を受けたのか、VIPルームから飛び出してきた新潟県警本部長は、うろたえきっていた。責める気はない。こんな場面に出くわした経験があるわけないし、警察に出向するとも思っていなかったろう。

「は、発砲を許可する」

本部長はあえいだ。警官たちが緊張につつまれる。

射殺指示は当然としても、パニックにおちいった群衆が右往左往しているとき、うかつに発砲できるはずがない。実際、許可が出ても、発砲した者はいなかった。

逃げまどう群衆の中へ、あらたな雪グマが躍りこむ。その瞬間、はじめて銃声がひびきわたった。またしても雪グマの頭部が砕け散る。見ると、警察拳銃を手にした涼子が、テーブルの上に立って、銃口の煙を吹いていた。

べつの雪グマが涼子めがけて躍りかかる。おなじことが、くりかえされた。雪グマの頭部が八方にはじけ飛ぶ。

拳銃は警官から巻きあげたのだろう。怖《おそ》れをなしたか、何者かの指示か、雪グマた

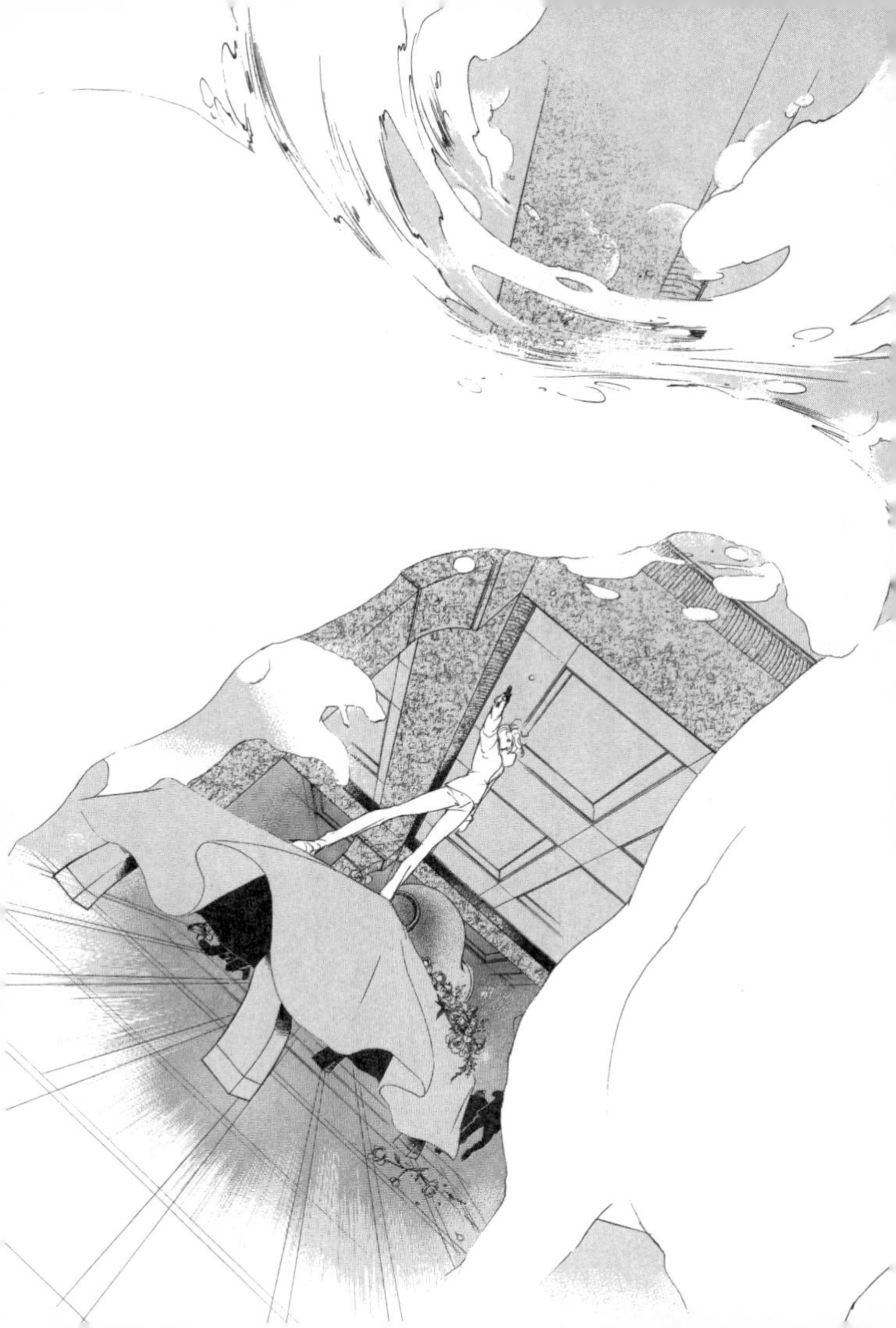

ちは外へ逃げ出した。頭部をうしなった二頭も。

興奮した二、三の人影が、それを追いかけていくのが見えた。

「もどってきなさい！」

私はどなった。無力な声だが、投げつけなくてはならない。

「外には何もありませんよ。危険です。もどってきてください！」

私は一歩踏み出した。と、左腕をつかむ者がいる。振り向くと、マリアンヌである。

「ミレディガヨンデル」

涼子のお呼びは優先順位一位だ。しかし例外もある。私はマリアンヌの手を振りはらって飛び出した。そして五歩で引き返した。飛び出した三人の男が、断念してもどってきたからだ。私は三人をアリーナの中に追いやり、マリアンヌに、手を振りはらったことをわびてから、涼子のもとへ足を運んだ。

V

どんな貧乏くさい場所でも、自分がいればリッチな御殿に見える。涼子はそう信じているし、またそれはほとんど事実であった。百パーセントといわないのは、世の中には逆効果というものがあるからだ。

半壊して雪に埋もれたトバク場だって、革命で荒らされた貴族の邸宅ぐらいには見える。あちこちに新潟県警の警官が立っていたが、涼子を見て、唖然《あぜん》としているのが明らかだった。何者だろう、と思っているのだ。

涼子と私、それにマリアンヌとリュシエンヌは、アリーナからスタッフ用のせまい地下通路にはいって、カジノへ向かった。地下のほうが地震に強いというが、猛吹雪の影響も受けていないから、アリーナよりよほど整然としているのが皮肉である。それでも、ビール瓶のケースがいくつか床にころがっていた。つみかさねられていたのが、上部がくずれて落っこちたのだろう。

ほどなくカジノに着いた。

人がいるはずの場所が無人だというのは、寂寞《せきばく》たる印象を強める。ルーレットやスロットマシンには人がたかって興奮につつまれているはずなのに、沈黙と冷気がただよっているだけだ。

「予定どおりだったら、いまごろさぞ熱狂的な雰囲気だったでしょうね」

「札ビラとチップが飛びかって、さぞお上品な雰囲気だったでしょうよ」

ただし長つづきはしなかったでしょうね、と涼子は皮肉っぽく、つけ加えた。

ビリヤードルームものぞいてみる。中学校の体育館ほどの広さに、ずらりとビリヤード台が並んでおり、倒れたものはひとつもなかった。涼子はひょいと、ビリヤード台のひとつに飛び乗り、腕を組んで、戦場の指揮官よろしく周囲を見まわした。

いわゆる「部長刑事」の時代に、私は、犯人を追ってビルの階段を三十一階まで駆け上ったことがある。手錠をかけたときは、さすがに脚が攣《つ》りかけていたし、息が切れて汗が噴き出してもいた。それでも成果に満足して捜査本部にもどってきた。一年後、辞令が交付されて、めでたく刑事部参事官室に異動とあいなったわけだ。

後悔してはいない。自分で異動を申しこんだわけではないから、後悔のしようがない。かくして私は運命論者への道を歩みつづけているのだが、ゴールがどうなっているのやら見当もつかない。ときおり考えてみるのだが、考えたってムダなことだ。

「……ここにはいないみたいね」

涼子がかるく頭を振る。

「それにしても暗いな」

すると、緑色の光が、電灯の切れた室内を、一部だが照らし出した。マリアンヌの手にペンライトがある。

開所式のショーのために用意されていたのを、マリアンヌが見つけたらしい。緑、赤、青、ピンクとさまざまな色のものが、クレヨンのようにビリヤード台にならんだ。

「ペンライトが、こんなところで役に立つなんてねえ。悪魔の配慮ってもんだわ」

たしかに、電灯なしの暗黒よりは、紫色だろうが緑色だろうが、灯《あかり》があるほうがありがたい。

「さてと、出ておいで、岸本！」

涼子の一喝《いっかつ》で、おどろいていると、遠くのビリヤード台で、「あいた」と声がして、台の下から人影が這《は》い出てきた。私は駆け寄って、額《ひたい》をなでている岸本明の襟首をつかんだ。

「どうして、こんなところにいるんだ!?」

「新潟県警本部長じきじきのご依頼ですよう」

「薬師寺警視の動向をさぐるようにか」

「伝えるようにです」

「おなじことだ。この裏切り者！」

ストレスを発散することを、かろうじて自制して、私は岸本を涼子の前に引きすえた。

「途中でいなくなったから、どうせこんなことだと思ってたのよ。官僚どものやりそうなことだわ」

「味方の中に敵ですね」

芸のない台詞だが、他にいいようがない。

午後十一時。

アリーナにもどると、思わぬことがおきていた。

「おい、あれ、ヘリコプターじゃないか」

「そうかもしれん」

「赤いライトがついてるぞ！」

私は他の人々とともに、降りこむ雪を避《よ》けながら、夜空を見あげた。たしかに赤い灯火がふたつ、雪のなかを近づいてくる。自衛隊か警察か消防が、吹雪を衝《つ》いて救助に来てくれたのか。

バリバリと空気を裂く音が、しだいに大きくなってくる。燃えあがったテーブルクロスに消火器を向けていた警官たちも、夜空を見あげて歓声をあげた。

降りしきる雪の中、ヘリは私たちの頭上で回転をはじめたようだ。空気をかきまわす音がつづく。着地できる場所をさがしているのだろうか。

「あのヘリ、でっかいわねえ、百人は乗れるわ」

「いや、百人は無理でしょう」

「何でもいいわ、これで助かった」

「自衛隊バンザイ！」

まだ雪グマがいることを忘れて、一万五千人の男女が狂喜乱舞する。

涼子が形のいい耳を引っぱった。

「航空自衛隊《くうじ》の輸送ヘリね。たしかＣＨ‐47Ｊじゃなかったかな。五十人ぐらい乗れたと思うけど……」

「一機だけですよ。あれが、ええと、三百回ぐらいピストン輸送すれば、全員が助かる計算にはなりますね」

「まさか一機だけってことはないだろうけど、どこに着陸する気かしらね」

「ヘリポートでしょう……無理かな」

そういって、私は口をつぐんだ。涼子もだまって目をみはった。

私たちは、まだ誰も見たことのない光景を見たのだ。それは空中のヘリに向かって、ぐんぐん伸びる白い長大な雪の柱だった。そして柱の先には五本の指がついていた。

第五章　雪人間登場

I

積雪の中から突き出された白い巨大な手が、上空のへリに向かって伸びる。

他人の話として聴いたのだったら、腹をかかえて笑ったにちがいない。ところが私は、もともと視力《め》がよい上に、まったく酒を飲んでいなかったから、自分が見た光景を信用するしかなかった。上司の見解は、すこしちがったが。

「何であんな光景が見えると思う?」

「現実だからでしょう」

「一日に二度も露天風呂にはいったりするから、バチがあたったのよ」

意味不明である。ただ、私が見たものを涼子も見たことはわかった。それは高邁《こうまい》な理想ではなくて、ばかばかしい、しかも邪悪な現実だった。

「あッ」という叫びがいくつもあがった。ヘリが空中で大きくよろめいたのだ。あの型のヘリには五人の搭乗員が乗っているはずだが、五人とも仰天したにちがいない。

「急上昇しろ!」

誰かが叫んだ。的確、というより反射的な指示だったが、すでに遅かった。白い巨大な魔手は、双《ふた》つの回転翼をそなえた大型ヘリの胴体の中央部をつかんでいたのである。

巨大な手は、つかんだヘリを前後に、上下に、そして左右にと振りまわした。そのやりようは、飽きっぽい幼児のようだった。機内にいる五人は、ベルトで座席に固定されていたろうから、放り出されたり、たたきつけられたりすることはなかっただろう。だが、それで幸運とはいえなかった。脱出もできなかったからだ。

呪われたお遊びは二十秒ほどで終わった。白い巨大な手は、突然、お遊びに飽きたように、ヘリを投げ出したのだ。「ぽい」というオノマトペが聞こえるような無造作ぶりだった。しかし、その動作ひとつで、一機の大型ヘリが三十メートルは下の雪面にたたきつけられたのだ。

やわらかなパウダースノーに、濛々《もうもう》と白煙をあげて、ヘリの巨体は頭部から突き刺さった。前方の回転翼は雪を巻きあげながら作動をやめず、後方のそれはむなしく宙をかきまわし、全体としてすこしずつ雪に沈んでいく。

地球人たちはひたすら茫然として、ありえない光景を見守っていた。白い巨大な手は、その間に音もなく雪の中に引っこんでいく。

誰かがそのことに気づいた。

「逃げるぞ！　警察は何をしてるんだ。撃て、撃て！」

その声を何人が聞いたか。ヘリの回転翼はまだ動いている。ヘリの爆音がいかにうるさいものであるかは、たいていの人が知っているし、それにともなって生《しょう》じる強烈な風——ダウンウォッシュというのだそうだ——は雪を巻きあげつづける。近づくのも容易ではない。

人が動く気配がして、制服の上に防弾ベストをまとった狙撃隊《スワット》がオートライフルをかまえ、駆けつけてきた。号令がかかって、隊員たちが射撃の姿勢をとる。と同時に白い巨大な手は、雪に沈み、とけこんでしまった。雪の一部になってしまったのだ。跡形もなく消えてしまった。

「……こんなのありか」

唖然としたざわめきが強風に乗って私の耳にとどいた。常識を打ちこわされた怯《おび》えが、声にふくまれている。

「まだ乗員は生きているんじゃないか。救出したまえ！」

これは新潟県警本部長の声である。うわずった声だが、的確な指示だ。だが、警官たちが動きはじめたとたん、風が猛《たけ》った。ヘリはみるみる白くおおわれ、白い小高い丘に変わっていく。

「やってくれるじゃないの」

涼子の声には、にがにがしいひびきとともに、感歎《かんたん》の成分がふくまれていた。敵の正体は、さっぱりわからないが、とにかくこちら側の先手先手を打ってくる。

岸本が、景気の悪い声を出した。

「こ、これはまずいことになりましたよ」

「とっくになってるよ。いまさら何がいいたい？」

「わかりませんか」

「お前さんにいわせてやるよ」

どうやらまだ私には、覚悟が完全にはできていなかったようだ。自分の口からはいいたくなかった。

「ヘリが墜ちた後の光景を見たでしょ!?　あのばかでかい手は雪の中に消えちゃっ

た」

「つまり？」

「つ、つまり、このカジノをかこんでいる雪の全体が、怪物なんですよお！」

だれもが漠然と考えて恐れていたことを、岸本は、みごとに言語化してくれた。

「あれ見たか」

「見た見た」

「手……だったよな」

「ええ、手だったわ」

「冗談じゃない。どんな化物だ」

警官たちが、蒼ざめた顔で白い息を吐き出す。その息には恐怖がこもっていた。

屋内は屋内で、地球人男女のさまざまな叫びが飛びかっていた。

「どうしろというんだ。薬も注射器も、包帯すらないんだぞ！」

「別棟に医務室が……」

「だれが取りにいくんだ」

「とにかく暖めよう」

「どうやって？　クリスマスツリーでも燃やしますか」

もしこれがハリウッド映画で、医務室が離れた場所にあり、雪の化物たちがうじゃうじゃ待ちかまえている――という設定だったら、主人公は敢然《かんぜん》と飛び出していくだろう。しかし、だれが脚本を書いているか知らないが、涼子は正義の主人公ではないのであった。私だってそうだ。墜落させられたヘリに乗っていた人々に対して、何もできない。

「屋内《なか》へはいろう、泉田クン」

酷寒《こっかん》の屋外に立っていても得るものはない。涼子にしたがって歩きながら、私は、いいたくない台詞《せりふ》を口にした。

「岸本のいうとおりだとしたら、こりゃ助かりようがありませんね」

「そうともかぎらないわ。いずれは雪が融《と》ける」

「それまで保《も》ちこたえられれば、の話ですね」

「保ちこたえる？」

涼子は私に一瞥《いちべつ》をくれた。

「冗談いわないでよね。さっさと、その前にかたづけてやるから。あたしはキリスト教徒じゃないけど、クリスマスを台なしにしたやつは、断じて赦《ゆる》さない」

涼子風の決意表明である。好戦的に瞳をかがやかせ、頬を燃やしたときの涼子は、見とれるほど美しい。

ただ、それにしても情報がすくない。VIPルームにたてこもった上層部《おえらがた》が情報を独占し、私たちは一般市民と同様、蚊帳《かや》の外だ。しかも、上層部が独占といったところで、外界と途絶しているのだから、情報量そのものがすくない。雪は、たまに小休止するが、あいかわらず激しく降りつづけている。

ずいぶん薬師寺涼子と仕事をともにしたが、ここまで手も足も出ない状況は、たぶんはじめてだろう。

屋外の積雪量は、とっくに建物の一階分をこえた。ガラスウォールを破壊して屋内に侵入してきた雪は、温度差のせいで水になって床を沼沢地《しょうたくち》のようにしている。その中に料理や食器が散乱しているありさまは無惨というしかなかった。

「もったいないなあ」

群衆の間から、切実な声がもれる。豪華なパーティーは、生まれると同時に死んでしまい、だれもその恩恵を受けなかった。

ふと私は小さなことに気づいた。

「いま降ってる雪と、雪崩の雪とを区別したほうがいいんでしょうか」

「ヘリのありさまを見ると、区別してもしようがなさそうね。もともとべつの存在だったとしても、融合してるわよ。あれだと、好きなように変形して、どこへでもはいりこめるし……」

涼子がいささか投げやりな感じでいうと、岸本が悲鳴をあげた。

「だとしたら、いずれ屋内にはいってきますよ！　副長官たちがＶＩＰルームにたてこもっていても安全とはかぎらない」

「まあ、副長官がどうなろうと、知ったことじゃないけどさ」

官僚にあるまじき台詞を吐くと、涼子は、散乱するキャビアをブーツで踏みにじった。料理人が見ていたら悲涙《ひるい》にむせぶだろう。

「そういえば、お由紀はどこにいったの？」

私は周囲を見まわした。

「見あたりませんね」

「あたしに断わりもなく、どこにいったのさ」

「彼女は、あなたの部下じゃありませんよ」

「だったら、あたしの部下である君が、捜してきなさい」

「わかりました。では、警視どのはどちらに？」

「あたしは、クリスマスツリーのあたりにいるわ。そうそう、マリアンヌ、泉田クンをてつだってあげて」

私たちが腰をあげようとしたとき、室町由紀子が周囲を見まわしながら近づいてくるのが見えた。おかげで、捜しにいかずにすんだ。

「さて、全員そろったところで、大雪ナマズの退治法を考えようか」

「大雪ナマズ!?」

「現在ただいま、この状況をつくっている張本人のバケモノよ」

II

「大雪ナマズ、ねえ……」

ネーミングはともかく、雪と同化して生きる生物のイメージは、あまり美しさを感じさせてくれなかった。

だとして、大雪ナマズとやらは、なぜこれまで活動を停止していたのだろう。いや、考えすぎる必要はない。ただ眠っていただけか。だとしたら永眠してほしいものだ。

べつのネーミングの提案が、だれからも出なかったので、私たち警視庁組の間では、正体不明のバケモノを「大雪ナマズ」と称することになった。釈然としなかったが、こだわるのもバカバカしい。

まわりのマンションも、灯がともった窓はひとつもない。建物内にいる少数の人々は、さぞ恐怖をおぼえているだろう。それを救いようもないのが、いまの現実だった。

「それにしても、よく潰れずにいましたね、翠月荘は」

「うまいことトバク場の蔭《かげ》になったからね。正義は勝つのよ」

何で翠月荘が正義かというと、涼子が宿泊することになっていたから、だそうだ。はいはい。

「あーあ、こんなオバケ屋敷のトバク場でくすぶってないで、もういちど露天風呂にはいって、あたたかいおフトンで眠りたい！」

「被害がなかったんだから、そうなさったらいかがです。ここにいても、やることはなさそうですよ」

「君もそうする？」

「いえ、私はもうけっこうです」

こりゃ今夜は徹夜だな、と、私は覚悟を決めた。いつ何がおこるか、知れたものではない。とんだクリスマス・イヴになりそうだったが、せめて正月を無事に迎えるには、今夜の苦労は、いたしかたないところだった。

アリーナになだれこんできた雪の下には、何人か何十人かの男女が埋もれているはずだ。薄情なようだが、この暗さ、この状況では、掘り出すこともできない。つくづく、電気のありがたさを思い知る。

墜落、というより雪に食べられた、といった感じのヘリも、逆立ちしたまま動きを停止している。動力部が破損したのだろう。くわしく検分したいところだが、あいにくと私はヘリにはくわしくない。ついでにいえば、クルーザーのこともよく知らない。

「あら、もうクリスマスだわ」

腕時計をのぞきこんで涼子がいう。確認してみると、すでに零時《レイ》をすぎていた。クリスマス・イヴに国家戦略特区の開所式をかさねて、ゴーストタウン再生のめでたい夜になるはずだったが、とんでもない想定外の事態だ。無事におさまったとして、その後の責任のなすりあいが観物《みもの》だ。あ、涼子の内心を忖度《そんたく》してしまった。私自身が生きのびなければ、観物も何もあったものではない。

あちこちから、不安や怒りをふくんだ外国語が聞こえる。

一万五千人のうち、三千人は外国人だそうだ。救出できなければ、国際社会からきびしい非難をあびるだろう。政府当局が、なまけたりさぼったりしているとは思わないが、

「朝になるまでは、うかつに動かないほうがいい。六、七時間だけ、がまんしてもらえばいいんだ」

とは思っていそうだ。そうはいかない。この猛吹雪がつづくかぎり、警察だろうが自衛隊だろうが、救出活動など不可能だ。

「結局、朝を待つしかないか」

堂々めぐりである。

涼子も、「朝待ちね」というが、これは半分、いやそれ以上にウソである。朝までの間に、何ごとかがおこることを、彼女は待っているにちがいない。マリアンヌとリュシエンヌを相手に、フランス語で何か会話しているのは、他人に話の内容を知られたくないからだ。

ふいに由紀子が発言した。

「緊急事態にそなえて、空撮用のドローンが倉庫にあると聞いたわ」

「だったら、それを飛ばそう」

涼子は即断した。由紀子が応じる。

「上空から見れば、被害の状況もあるていどわかるしね。いまのままじゃ、見えず聞こえずだし、せめて地震と雪崩の被害の範囲だけでも把握しておきたいわね」

「お由紀、めずらしくいいこといったわね。ほめてあげる」

「それは恐縮だわ」

めずらしく由紀子が皮肉をロコツにこめて答えたが、涼子はおかまいなしである。

「さっそく倉庫へいってドローンを捜そう。で、倉庫はどこにあるの？」

「知らないわ」

「何だと――!?」

涼子がどなったので、何ごとかと幾人かが振り向いた。しかし由紀子が知らないのは、あたりまえだ。

「カジノの図面には描いてないの!?　図面はどこにあるの!?　ああ、頭痛がしてきた。このトバク場の危機管理はどうなってんのよ」

「開所式に警官が三千人ね」

「何の役にも立ちゃしない！　前言撤回するわ。お由紀、あんた役立たず。以前からいおうと思ってたんだけど――」

「何よ」

私はあわてて両雄（?）の間に割ってはいった。

「IRの総支配人なら、非公開の部分を描いた図面を保管しているはずですが、コンピューターに入れてあったら、この停電で使用不可能です」

「とにかく総支配人を脅して聴き出すか」

「最初から脅すことはないでしょう、礼をつくして協力をたのめばいいのよ」

「あたしの趣味に口をさしはさまないでくれる？　どうせ支配人はどこかの省庁《やくしょ》の天下りに決まってるんだから、脅しのほうが話が早いわよ。で、総支配人はどこに隠れてるの」

涼子の瞳が私を射たので、自信はないが、答えてみた。

「VIPルームで毛手木副長官のおそばについているか、コントロールルームで指揮をとってるか、どちらかでしょう」

「後者のほうがありそうね。それで、コントロールルームの場所は？」

「……わかりません」

涼子は、私をにらみつけたが、口に出したのは、べつのことだった。

「憤死《ふんし》って言葉の意味が、よおくわかったわ。あたしが然《しか》るべき地位についたら、あいつもこいつも粛清《しゅくせい》してやる」

「だったら今夜、生きのびることね」

私が口に出さなかったことを、由紀子はひややかに口にする。

「役に立たなそうで、立ちそうなやつがいますよ。岸本に働いてもらいましょう」

私の提案を、涼子は一瞬で了解した。

「毛手木のやつに交渉させるのね」

「ええ、あのご両人、オタク仲間のようですから。それも、岸本のほうがステージが上らしく思えます」

「よし、岸本のやつをこき使ってやろう。お由紀、あんたも異議ないよね」

「正当な理由があるなら」

「これが正当でなくて、何が正当なのさ。岸本、おいで、お友だちと話をさせてあげるから」

「ふぁい」

返事は、はなはだタヨリなかったが、岸本は役目をはたすべく毛手木副長官のもとへと出かけていった。得意分野にかかわることだからだろうか、小さな後姿が、変に堂々として見えた。

III

いたるところで困惑や恐怖の声がざわめいていた。

「いったい、どうなってるんだ」

「だれか教えてくれ！」

「駅は大丈夫か。やっぱり雪崩にやられてしまったのか」

「警察は何をしてるの⁉」

「いつになったらスマホが通じるんだ」

「みんな、お静かに願います、お静かに」

涼子が皮肉を飛ばした。

「これでみんなが静かになったら、お葬式よ。これぐらいざわめいてるほうがいいわ」

もっともだ。それにしても、情報が遮断されるというのは、これほど人心を動揺させるのだ、と、つくづく思い知らされた。

由紀子がやや不安げに、

「ところで、だれがドローンを操縦するの？」

涼子がすました表情で、リュシエンヌとマリアンヌの肩を抱いた。

「このふたりがいるかぎり、あんたがよけいな心配をすることはないわよ」

「そう、たのもしいわ」

由紀子はうなずいたが、私に近づいてきてささやいた。

「お涼のメイドって、何でもできるのね」

「ええ、料理も針仕事も万能だそうで」

真相を知られてはこまるので、さりげなく話題の方向をねじまげた。

いちいちすべてを書き記していると際限がないので省略するが、小一時間かかって、私たちはドローンを入手した。まず岸本がＶＩＰルームに行き、毛手木副長官に行動自由のお許しを得た。つぎにカジノのスタッフをつかまえ、毛手木副長官の名刺と警察手帳を振りかざして、コントロールルームの場所まで案内させた。予想が的中して、総支配人がそこにいたので、また名刺と手帳を振りかざして倉庫の場所を尋《き》き出した。それから倉庫へ足を運んだのだが、電子ロックがかかったままドアが開かない。するとリュシエンヌが前へ出て、何やら手を動かしたかと思うと、ドアは魔法のように開いた。それを見ていた室町由紀子が、

「どうやって開いたの？」

「ゾロアスター教の秘術よ。教えてやんない」

由紀子はすこしの間、涼子を見すえたが、結局、肩をすくめただけで何もいわなかった。ドローンを飛ばすのが先決だ、と思ったのだろう。

私たち——とはつまり、涼子、由紀子、マリアンヌ、リュシエンヌ、岸本、私の六人だが、すぐにドローンを見つけた。それも一機でなく、三種三機だ。それなりに非常時にそなえてはあるらしい。

リュシエンヌは三機の中から一機を選び出した。その間、私とマリアンヌはコントローラーを捜した。もしドローンがコントロールルームで集中制御されているのだったら、どうしようもない。だが、さいわい、捜しているものはすぐに見つかった。雪が弱まっているうちに飛ばさなくてはならない。ところが、こちらの魂胆《こんたん》は見すかされているようだった。

「またか」

夜を白く見せるほどの激しい雪になるまで、一分とかからなかった。私たちはあわてて倉庫のドアを閉めた。この「激雪」——なんて日本語はないが——で、ドローンを飛ばすどころか、自分たちが倉庫の内部《なか》に閉じこめられてしまったのだから、世話はない。

「あ、あんたたち、だれだ？　何をしてる？」

パニック寸前の声がした。ペンライトの貧弱な光の中に、作業服らしきものをまとった三人の男が姿を浮かびあがらせた。もちろんＩＲの裏方のスタッフだろう。

「警察よ！」

そろって警察手帳を突き出すと、長い溜息がもれる。

「た、助かった……」

「さあ、どうかしらね」

無愛想に涼子は応じて、事情をたずねた。

「私どもはメカニック部門の者なので、開場前の最後の整備をしとったんですが、ちょっと長びいてるうちに停電になって、この中に閉じこめられてしまったんです。皆さんがはいってきたときには、正体不明なんで隠れてたんですが……」

突然だった。倉庫のドアが開いたと思うと、真っ白な人間たちが出現したのだ。顔のない、のっぺらぼうな、全身純白の人間――いや、人間ではありえなかった。

「岸本、あんたは加勢を呼んでおいで！」

「はーい」

岸本は雪の上をこけつまろびつ、アリーナの方へ駆けていこうとした。無益だった。仮に「雪人間」と呼んでおくが、彼らは無言で岸本におそいかかり、岸本は「きゃー」と叫びながらこちらへ逃げもどってきたのだ。

ほどなくざわめきがおこって、何十かの人影が雪を蹴りつつ近づいてきた。新潟県警の機動隊だ。

彼らの足が一瞬とまったのは、信じられない光景を見たからにちがいない。顔を見あわせる者たちもいたようだが、

「助けてー！」

という涼子の叫び（もちろん演技だ、まったく）で、いっせいに警棒をとりなおして乱闘の中に割りこんできた。

あとはもう「乱」の一字だ。最初、警官たちは雪人間を白衣のコスチュームと思ったらしい。ところが、警棒で一打すると、頭も手もボロボロくずれる。触れれば凍《い》てつくほど冷たい。パニックになりかけながら、乱闘を演じはじめた。

「さ、あたしたちは引きあげるわよ」

「あとは放っておくんですか!?」

「機動隊だって眠気ざましになるでしょ。だいたい、人海戦術でなきゃ対抗できない

わよ」

いかに涼子の空想力が大きくとも、「雪人間」の出現までは予想外だったようで、作戦変更する気になったようだった。

「いま何時？」

「二時です、午前の」

「やれやれ、愉《たの》しいクリスマスになったこと」

涼子は茶色の短髪をかきまわした。

「夜明けまで五時間ぐらいあるわね」

「冬至《とうじ》をすぎたばかりですからね。しかも、朝になっても晴れるとはかぎりません」

「晴れるわけないわ。晴らす気がないんだから」

ひっかかる表現である。

「何者かが、この天候をあやつっている、と、そうおっしゃってるんですか」

「もう言ったでしょ、大雪ナマズよ」

「…………」

「まんまナマズの恰好をしてるとは思ってないよね」

「恰好はともかく、そんな能力を持った生物が……」

いない、とは断言できない。私の知識では。

「天候だけでなく地震もあやつるかもしれないから、ナマズと表現したのよ」

「ですが、水沢《ここ》は四百年、地震がなかった場所ですよ。だからこそ、政府も、カジノを建てたんじゃありませんか」

「四百年以上前の記録はないわよね」

「……まあ江戸時代ですしね」

「大雪ナマズの寿命が千年くらいあって、冬眠時間が四百年くらいあったら、どうなると思う？」

私は抵抗をこころみた。

「警視のおっしゃることはわかりますが、ちょっと数字がつごうよすぎる気がします」

「ユーズーのきかない男ね。数字はどうでもいいの、根拠もないんだし。ただ、あの地震で、大雪ナマズが眠りからさめて、いまの状況になっている、という可能性があると思うか、それを尋《き》いてるわけ」

「それならあると思います」

消極的ながら、そう答えざるをえない。快適な気分ではなかった。地下で何千年も生きながらえ、地震でめざめ、気象を自由にあやつって、一万五千人もの地球人を雪中に閉じこめてしまう何者か。その掌《てのひら》に乗っていると思うと、気分のいいわけがない。

同時に腹も立つ。そんな非常識な生物の存在を、何で私のような常識人が肯定しなきゃならないのか。昔のハリウッドの怪獣映画じゃあるまいし。それが、肯定してしまうのは、上司の後をついていくと、かならず、非常識な生物に出くわすからである。イヤだイヤだと思いながらついていく自分にも腹が立つ。

またしても叫喚《きょうかん》がおこって、人波がゆれた。外からどっと警官隊が押し入ってきたのだが、それは当然、彼らが雪人間たちに押されて後退してきたことを意味する。警官たちは何とかドアを閉め、追ってきた雪人間どもを閉め出そうとするが、自動ドアの上に、双方が入り乱れているからうまくいかない。

あっという間に雪人間たちは、無言のまま乱入してきた。

IV

なだれこんできた雪人間たちは、すぐさま無秩序な破壊と襲撃を開始した。

「雪でできているんなら、なだれこんでくるのは当然ね」

くだらないジョークを吐きながら、涼子は脚をひらめかせて雪人間の腰を蹴りくだいた。

私も雪人間の一体をなぐり倒しながらどなった。

「数がちがいすぎます。いつまでも保《も》ちませんよ!」

「こちらにだって、一万八千の兵力がいるじゃないの」

「兵力と戦力はちがいます」

実戦力になるのは、三千人の警官隊、それに一般市民のうち一割ぐらいのものだろう。それにくらべて敵は無尽蔵である。しかも、倒れた雪人間は、やがてむくむくと起きあがってくる。頭をくだかれようが、胴を割られようが、いつのまにか、くっつきあって再生し、おそいかかってくる。

頭部はあっても顔はないし、四本腕のやつもいて、見ている分には愉しいかもしれない。しかし、抱きつかれれば、みるみるこちらの体温が低下する。防寒機能の高い服を着ていても、袖口から雪が侵入してくるし、顔には寒気が耐えがたく吹きつけてくる。

小さな雷のような音が、あちこちから伝わってきた。もちろん警官たちが発砲しているのだ。だが、いくつか、反対の状況が発生しているかもしれない。

私の見たところ、地球人サイドでもっとも奮戦しているのはマリアンヌだった。彼女の腕がひらめくところ、雪人間の頭部が炸裂し、脚がうなりをあげるところ、雪人間の胴体に穴があいた。勇猛果敢な小麦色の天使。

だが彼女にも限界がある。汗が額から流れ落ち、息がはずみ出す。

「マリアンヌ、ちょっとお休み」

「ミレディ」に命じられたマリアンヌは、息をはずませ、額の汗をしなやかな指先でぬぐいながら、「ウィ、ミレディ」と応じた。

パーティー会場は、いまや混乱のきわみだ。三階分が吹き抜けになっており、二千人を収容することができる。そこに、チケットを入手できた人や招待客など千二百人がいたわけだ。カジノの開場前には、無責任なメディアが、

「うらやむべき千二百人のＶＩＰ」

「チケット入手の裏側」

などと書きたてていたものである。ＶＩＰねえ。結果として私もＶＩＰのひとりに選ばれたわけだが、上司がよけいなことをしたおかげで、迷惑な話だ。

いまはそこへ雪人間たちがなだれこみ、三千人の警官が乱入して、ラッシュ状態で

ある。三千人とはたいそうな数だが、首相や各国大使がパーティーに参加していたので、厳重な警護態勢をとったのである。

むろん想定していた「敵」はテロリストだったのだろうが、事実としては見たこともない怪物だった。いや、雪なら何度でも見たことがあるだろうが、雪でできた人間など見たことはあるまい。

パーティー会場の一階を見おろす二階のバルコニーに、十人ばかりの人影があらわれた。「静かにー！」と大声がとどろくと、一瞬、パーティー会場は静まった。バルコニーの最前列にあらわれたのは、毛手木副長官である。

「き、君たちの要求は何だね？」

どうやら副長官は、雪人間たちをテロリストの一種とみなすことにしたらしい。

「ここはひとつ、話しあおうじゃないか。カジノの建設に反対しているのか？　それならきちんと手つづきを踏んで、平、平和的に交渉したまえ。でないと、テロリストと思われるよ。日本は世界に誇る民主国家だ。法治国家でもある。まず代表を立てて、私と話しあおうじゃないか」

「…………」

雪人間たちは応《こた》えない。毛手木はスーツの内ポケットからハンカチを取り出した。

「それとも、何だ、保護を求めているのかね。見たところ、君たちは普通の人間たちとちょっとちがう……」

「いけません、副長官、差別発言だとメディアにたたかれます」

秘書らしき男が副長官をいさめた。毛手木副長官は、いっそう動揺したようすで、やたらとハンカチで顔をぬぐう。

「そ、そうか、いや、失礼。私はただ、社会的少数派の人々とは紳士的に話しあいたいだけなんだ。だけど、しかし、何だね、まずは君たちの名前と身分を知りたいな。ああ、そうだ、忘れていたよ。私は内閣官房副長官の毛手木……」

慣れてきたらしい。副長官の舌がしだいになめらかになっていく。相手が普通の地球人なら、いくらでも舌先ひとつで懐柔《かいじゅう》できる、という自信があるのだろう。首相にはへつらい、野党は傲然《ごうぜん》と見下し、有権者にはネコなで声を出す。みごとに伝統的な舌先三寸だ。ただし今回の相手に通用するかどうか。

ともかく、毛手木副長官の舌は、しばらくの間、サロン内を静かにした。地球人たちは当惑の体《てい》で顔を見あわせ、雪人間たちは動きをとめた。顔がないので表情もなく、何を考えているかわからない。

「で、だれなのかな、代表者は？」

多少こわばってはいたが、笑みを浮かべて副長官はもういちど尋ねた。

「どうしたね、出てこられないのかな」

彼の自信は、過信と化しつつあった。この異常な事件を解決にみちびけば、彼に対する政治的・社会的な評価は、いちじるしく上がるだろう。むろん首相の座も大きく近づいてくるにちがいない。

このときが毛手木にとって至福の時だった。

相手の代表を知りたがったのは毛手木副長官だったが、逆の事態が生じたのだ。ペラペラと薄い紙のようにしゃべりまくる男が、地球人の代表をもって任じていることは、ウサギの群れにまぎれこんだ黒ヒョウよりも明らかだった。

雪人間たちは、一気に行動を再開した。一体が両脚を踏んばって立つと、一体がその肩に飛び乗る。さらにその肩に一体が。さらに……

中国の雑技団か、カナダのアート・サーカス団を思わせる速さとなめらかさで、彼らは、毛手木のいるバルコニーに人間バシゴをかけてしまった。その雪のハシゴを、彼らはネコのようなしなやかさで駆け上りはじめたのだ。

その素早さにくらべ、地球人たちは判断も行動も、二拍は遅かった。意表をつかれるにしても、つかれすぎた。

「と、とめろ!」

「とめるんだ!」

うろたえた叫びは、新潟県警本部長のものか、副長官の秘書のものか、わからない。

「うわわわわわわわ」

これは副長官のものだ。雪人間どもに包囲され、抱きつかれている。吐く息が、どんどん白くなっていく。

緊迫した光景、といいたいが、奇妙なユーモアがただよって、私は思わず笑いたくなった。と、突然、走り出したのが涼子だ。あっという間に雪人間バシゴを駆け上ったあざやかさは、まったく哺乳類《ほにゅう》ばなれ――いや、超人的だった。

私も手をこまねいていたわけではないが、涼子につづいて駆け上ったのは、マリアンヌとリュシエンヌだった。軽捷《けいしょう》なこと、リスみたいだ。私はけっして鈍重《どんじゅう》ではないつもりだが、体格は大きいし、相応の体重もあるので、女性軍に遅れをとってしまった。雪人間バシゴがくずれる寸前、かろうじてバルコニーにころがりこむ。

涼子は副長官を救出したが、やりかたは淑女《しゅくじょ》的とはいえなかった。雪人間たちに肘

打ちをくわせ、蹴りを入れ、副長官の襟首をつかんで包囲から引きずり出すと、

「泉田クン、これ！」

私のほうへ突きとばしてよこす。

私も私で、「ホイ」と応じて副長官をバルコニーの下へ放り出した。いや、雪人間バシゴのひとつに押しやると、

「ここをつたって下りてください」

「む、むちゃなことをいうな」

「やらなきゃ助かりませんよ、ほら」

と、バルコニーの手摺《てすり》にしがみついている雪人間の頭をつかませる。

「足をあげて、またがって！」

「助けてくれえ」

「いま助けてる最中よ。恩を忘れちゃだめよ」

きびしく言って、涼子は、副長官の背中を押した。

「うわーッ」

副長官は悲鳴をひとつのこして、雪人間バシゴを滑り落ちていった。

バルコニーの上でも下でも、破壊されたはずの雪人間たちが、くっつきあっては原

状を回復し、地球人たちにおそいかかっている。機動隊員の警棒が敵の頭部を撃ちくだく。頭部をうしなった雪人間が機動隊員に抱きついて、その体温をうばおうとする。

私が呼吸をととのえながら、七、八体めの雪人間を突きとばしたとき、急に右の耳を引っぱられた。

「一時撤退！」

上司の声が耳に流れこんでくる。

「はあ、はい」

どこへ撤退するつもりか、とにかく私は身をひるがえして上司の後を追った。マリアンヌとリュシエンヌが私の左右を走る。

涼子はバルコニーを駆けぬけると、廊下を左へ曲がった。あちこちで地球人と雪人間の乱闘がおこなわれていたが、目もくれず、その間をぬって走る。

怒号や悲鳴が飛びかっているが、すべて地球人のもので、雪人間の側《がわ》は一言も発しない。顔がないから口もない道理だ。

ほどなく涼子が、ドアのプレートを指さす。

「ここ、ここ」

記されていた文字は「サウナ室」だった。

V

シャワールームに完備されたサウナ室のドアを開《あ》けると、熱気が流れ出た。薄白い気流が熱の壁をつくる。雪人間に対しては、有効なバリヤーかもしれない。

「自家発電の枠内だから、たいして熱くはないけど、ないよりましでしょ」

涼子はサウナ室の前を横切ると、スキーウェアの上衣をぬぎ、休憩エリアのベンチに放り出した。その下には、カシミアセーターを着こんでいる。

「みんなもおすわり。服を着がえ着がえ闘うなんて、はじめてだわ」

私は進言してみた。

「数の差はどうにもなりません。夜明けまで闘いつづけるのは不可能です。どこかに潜《ひそ》んで夜明けを待ちましょう」

「隠れるとか潜むとかって、あたし、きらいなんだけどな」

「マリアンヌとリュシエンヌも疲れてますよ」

「君も？」

「残念ながら。寝ても食べてもいませんしね」

「フン……雪人間食べたってカロリーにはならないしね」

涼子はサウナから吐き出される熱風の向こうがわを見やった。高温の流れが空気をかきまわし、風景をゆがませている。

そのゆがんだ風景の中から、二名の男女があらわれた。室町由紀子と岸本明である。

「いい考えね、ここなら後方を用心していれば、すくなくとも時間はかせげる」

「……と、風紀委員は感心したのでした。そちらのようすはどう？」

由紀子も休憩エリアのベンチにすわりこんだ。

「キリがない、というより、どんどん不利になっていってるわ。なにしろ数がちがいすぎるし、倒しても倒しても復活してくるし」

「地球人のボスは、的確な指示ひとつ出せないし……副長官はどうしてるの？」

「所在不明。どこかに隠れたのかもしれない」

「おリコウさんだから、ありえるわね。ま、あたしたちに救われた恩を忘れなきゃ、あとはどうでもいいわ。隠れたって、いつまで保《も》つか保証はないけど……」

「とにかく隠れましょうよ」

提案というより、岸本が哀願した。

「機動隊員たち、もう二割がた、低体温症で倒れちゃってます。このままいくと全滅です。日本警察史上、最大の、大量殉職《じゅんしょく》ですよ」

「だったら新潟県警本部長は生かしておかなきゃ。責任をとらせなきゃならないからね」

「彼もどこにいるかわかりませんよ」

「そうね、もう低体温死してるかもね」

「不謹慎よ、お涼」

「うるさい、不謹慎はあたしのアイデンティティだ。それより、岸本、隠れ場所について、何かアイデアはないの？」

「え、えーと、そういわれましても……」

岸本があせる。私にだって、いいアイデアなどない。涼子自身、ないだろう。あれば、専制者体質の彼女のこと、

「ついておいで」

の一言で飛ぶように駆け出すにちがいない。

「あー、ひもじいなあ」

岸本が歎息《たんそく》した。

「たのむから、なさけない声を出さんでくれ」

「だって本当ですもん。パーティーが始まる、まさにそのときでしたもんね」

「待てよ、雪人間《あいつら》は何を食ってるんだろう」

私は十いくつかの雪人間をシャベルでたたきこわしたが、血も内臓も出てこず、体内は雪だけだった。そんな生物がいるわけないから、良心のとがめもなく粉砕してきたのだが、もしいたとしたらどうする？

いまさら私は考えこんでしまったが、私の上司は蹴るようにソファーから立ちあがると、両手を腰にあてて、

「逃げ隠れする場所をさがすなんて、景気が悪い。気にくわないわ」

「じゃ、どうするの？」

と、これは由紀子だ。

「反撃計画をたてる司令部をさがすのよ。勝利はつねに我とともにあり。いざ赴《ゆ》かん」

たいして差があるとも思えなかったが、他にアイデアもなかったので、他の者は彼女にしたがった。すくなくとも、まあ前向きではある。

午前三時。

サウナ室の近くにあるボウリング場に、私たちは、はいりこんだ。ベストの条件をそなえているとも思えなかったが、うろうろしている間に雪人間の大群に出くわした

りしたら、目もあてられない。

「さて、これからどうするか、だけど」

涼子はレーンの近くに立って腕を組んだ。

「いちばん消極的なのは、ここにたてこもって朝を待つことだけど、それまで敵に見つからないという保証はない。いちばん積極的なのは、敵のボスを見つけてやっつけることだけど、どうやって見つけるか方法がない。あんたたち、意見があったら、おっしゃいよ。あたしは、お腹がすくわ、眠いわ、くたびれたわで、このカジノを爆弾で吹っとばしてやりたいくらいなんだから」

「この吹雪じゃ、戦闘ヘリも飛びませんよ」

「外界と連絡もとれないわ。電波も通じない。おそらく政府当局は朝になるまでは何もしないし、できないと思うわ」

「常識人の意見って、つまんないわね」

涼子は舌打ちした。

「おもしろい意見が聴きたいんですか？」

「役に立つ意見よ！」

そういわれてもなあ。由紀子と私がだまってしまうと、目に見えない天使が五、六人あらわれて、私たちの周囲をしきりに飛びまわった。

何度いっても詮《せん》ないことだが、せめて夜が明けるか吹雪がやんで外界との連絡がとれるようになるまで、雪人間どもの襲撃に耐えぬく以外、策《て》はないのだ。あったら教えてほしいのは、涼子だけではなく、私も同様である。

ここで、教えてくれる人物があらわれた。意外にも、想定外にも。

「あー、こうなったら吹雪をついて脱出するしかないのかなあ」

一拍おいて、

「だれかが」

電光がきらめくように、ひとりが反応した。涼子が組んでいた腕をほどき、両眼をランランと光らせて発言者を見つめた。岸本明を。

岸本はその視線を受け、目をまたたかせて、つぎの瞬間、文字どおり飛びあがった。

「イ、イ、イヤです。ボクは行きませんよ」

「岸本、あんた、おもしろくて役に立つことといったわねえ」

岸本は床にお尻をついて、そのままのポーズで後ずさった。

「いえ、おもしろくありません。役にも立ちません。ただのタワゴトです。みなさん、忘れてください」

「おれはたしかに聴いたぞ」

「わたしも聴いたわ」

私は意地悪く、由紀子はまじめに応じたから、岸本は泣き顔をとおりこして自失の表情になった。あと二、三秒で本当に気絶するな。

そう思っていると、涼子がふたたび舌打ちした。

「だれが岸本にいけといったのよ。あんたなんか最初からあてにしてないわ。他人にいかせたりするもんですか。あたしが自分でいくわ」

「えッ!?」

「スノーモービルの格納庫を教えてよ。お由紀、わかるでしょ？」

「わかるけど、この吹雪の中を、そこまで無理して……」

「好きでいくんじゃないわよ。晴れてるなら、そのほうがいいけど、現実に吹雪なんだからしようがないでしょ」

「ま、待ってください。自殺行為ですよ。ひとりでこんな吹雪のなかを……」

「あら、それじゃ泉田クンもいっしょに来てくれるの？」

「いきますよッ！」

反射的に応じてから、しまった、と思ったが、もうおそい。私の義務は、あくまでも涼子の暴挙をとめることにあるのに、加担することになってしまった。

涼子は満足の笑みをたたえた。

「それでこそ、あたしの侍従長。ほめてつかわす」

「ま、待ってください。私はスノーモービルの運転ができません」

「自動車《くるま》やバイクと変わらないわよ。ああ、あたしの後部座席《うしろ》に乗ればいいんだ。万事解決ね」

「解決してないわ」

由紀子が発言した。

「この吹雪は危険すぎるわよ。たとえ、お涼であっても、外へ出るなんて認められません」

「お由紀に認めてもらう必要はないわよ。それに、たとえお涼でも、とはどういう言《い》い種《ぐさ》？」

「あのう……」

おそるおそる岸本が口を出す。

「何よ!?」

「吹雪がやみました」

第六章　雪玉ころがし

I

雪がやんだのは、はじめてではないが、風もやんだようだった。幾人かの地球人が屋外へ出て夜空を見あげ、「はあー」と、いささか場ちがいな感歎の声をあげる。夜空をふたつに割る銀河は、硬質のかがやきを放って、神々《こうごう》しいまでに美しかった。

現実的な人々は、先を争うように携帯電話やスマートフォンを取り出して――スマートフォンの略称がなぜスマフォでなくスマホなのだろう――外界と連絡をとろうとしたが、つぎつぎと失望の声を放った。

「だめだ、全然、通じない！」

天候が回復したのに電波が通じないというのは、近辺の基地局が地震や雪崩で倒壊したことを意味している。あいかわらず、私たちは、情報的に孤立していた。

そして、あいかわらず、雪人間たちの攻勢もつづいていた。

内閣官房副長官の毛手木は、雪人間バシゴもろとも一階の床になだれ落ち、雪のおかげでたいしたケガもせず、気絶して、警官たちに守られている。

「よし、いまがチャンス」

涼子が手袋をはめた手をこすりあわせた。

「晴れているうちに、スノーモービルに乗って脱出するわよ」

「脱出って、どこへ？」

「何ボケてんのさ、お由紀、雪のないところへ決まってるじゃない」

「その雪のないところがどこか、方角も距離も、全然わかってないでしょう？」

「それを確認しにいくんじゃない」

「危険だわ。いつまで晴れているかわからないし、天候が急変したらどうするの」

「急変する前に脱出するわ」

「ハリウッド映画とはちがうのよ、お涼」

「ハリウッドならもうすこしマシな脚本を書くわよ。こんなケチくさい状況でなくて」

分不相応を承知で、私は調停をこころみた。

「あのー、スノーモービルより先にドローンを飛ばしてみたら、いかがでしょう」

「何でスノーモービルがダメで、ドローンならいいの!?」

「人命に影響ないからです」

「そうよ、お涼、ドローンで確認してからでいいじゃない」

「フン、ドローンが無事に帰ってきて、さて出かけようとしたとたんに天候が急変したらどうするのさ。チャンスを逸するわよ」

「チャンスはまた来るわ」

「いつ来るのさ」

口論がここまで来ると、中学生の口ゲンカなみになるから、私は、逆療法のつもりで、とんでもない提案をしてしまった。

「おふたりとも、このままでは時間がたつばかりです。いっそジャンケンで決めてください」

「ジャンケン!?」

ふたりの美女が、いっせいに私を見つめた。

「やる、お涼?」

「望むところよ。最初はグーからいく?」

一蹴《いっしゅう》されるものと思っていたら、ふたりとも右手を腰のうしろにまわしたから、おどろいた。

「や、やめてください。冗談です」

その一言で、やすっぽい魔法が解けたと見えて、ふたりは同時に手をもとにもどした。

「あー、バカバカしい。二組に分かれりゃよかったんだわ」

「そ、そうね」

「なら話は早いわ。あたし、泉田クン、マリアンヌがスノーモービルを使うから、お由紀、リュシエンヌ、岸本はドローンをお使い。それぞれ最善をつくして窮地を脱する。いいわね！」

何となく涼子の主導で、事はおさまってしまった。いまさらながら、奇妙な女《ひと》ではある。

涼子、私、マリアンヌの三人はスノーモービルにとりかかった。くわしいことは知らないが、私以外のふたりは、ごく手なれたようすでスノーモービルを引き出す。ふと気になって尋《き》いてみた。

「スノーモービルって、どのていどのスピードが出るんです？」

「ものによるけど、このエンジンは六百ccだから、最高で時速百五十キロ出るわね」

こりゃ死ぬな。内心愕然《ぎょっ》としたのは事実である。岸本と交代したくなったが、岸本は柱にしがみついても拒否するだろう。

「あくまでも最高時速よ。普通は五十キロていど。ただし……」

「ただし？　何です？」

「体感速度は八十キロといわれてるわ。そりゃすごいスピード感よ。一度やったら、とりつかれるわよ」

べつにとりつかれたくなかった。それに私は寒いのはきらいだ。

スノーモービルの前部にはスキー、後部にはキャタピラがついている。このスノーモービルは、運転席のうしろにも座席がついていた。二人乗りだ。

「三台あるから、ひとり一台」

涼子が宣言した。

「バラバラなほうが、いざというとき、まとめてやられないからね」

「いざというとき」とは、どんな事態のときだろう。尋ねたい気もしたが、やめておいた。

「泉田クン、スノーモービル運転できるよね」

いまごろ尋くなよ。運転するのは、はじめてだが、オートバイとほとんど変わらないと涼子はいっていた。

「やります」

「やれます」でないところが、多少いまいましいが、そう答えた。涼子は、これがスターター、これがアクセル、ブレーキ、と、指さして教えてくれた。やはりオートバイのつもりでいいようだ。

スノーモービルは、もともと公道を走るための機械ではないから、免許は必要ない。ただし、ナンバーのついているものは、法律上の車両区分では「検査対象外軽自動車」ということになり、運転免許証がない場合は公道を走れないことになる。だが、スノーモービル専用の免許証はないので、軽自動車の運転ができれば、べつに問題はない。

何だかややこしいようだが、事故でもおこさないかぎりは無問題《モーマンタイ》ということだ。

「けっこういろいろ置いてあるのね」

見まわしながら、格納庫までついてきた由紀子が感心したように口を開いた。たしかに、ひととおりの防災用具はそろっているようで、アナログ面にも配慮しているらしい。

「ま、国家戦略特区だもんね。異変がおこったらたいへんだから」

「もうおこってますよ」

「うるさい、あげ足とるな」

「ディアトロフ峠事件みたいなことがないよう祈ってます」

そういった岸本は、「不吉なこというな」と、頭をこづかれた。

一九五九年二月、ロシアで「ディアトロフ峠事件」と呼ばれる怪事件がおこった。当時はロシアは「ソ連」と称されていたが、この事件は政治や軍事とは何の関係もない。

ウラル山脈の北方、「死の山」という異名を持つディアトロフ峠で、一夜のうちに九人の登山者が遭難死したのだ。彼らは暖かなテントを設営していたのに、そこから出て死亡していた。氷点下だというのに、ろくに衣服をつけず、裸足《はだし》で、メンバーのひとりは舌をうしなっている。頭蓋骨を骨折していた者が三人。ただし、クマやオオカミにおそわれた形跡はない。

ソ連当局の必死の調査もむなしく、原因はわからず、公式の報告書は「未知の不可抗力によって死亡」と記された。

「ソ連の秘密実験を、たまたま目撃したために、当局によって殺害されたのだ」

「それなら、どうして当局は遺体を始末しなかったんだ？　秘密を守るどころか、世界的に有名になってしまったじゃないか」

世界的に、というのはおおげさで、一部の物好きが熱狂的に話題にしただけだ。だが、隠せば隠せるものを公表したのはたしかで、ソ連政府の陰謀ではなかった。六十年もたって、アメリカ人ジャーナリストの手で、ようやく真相とおぼしきものが解明された。ここでは書かないでおくが、冬山の恐ろしさが身にしみる結論だった。

今回も、山の中で闇の中、たよれるのはスノーモービルのライトだけで、ひとつまちがえば谷底に墜《お》ちて死ぬ。ふたつまちがえば低体温症で凍死する。その他、スノーモービルを出さない理由を、二十や三十は挙《あ》げることができる。だが、涼子は出発を選んだ。私もついていくしかない。

II

時速五十キロ、体感速度八十キロ。寒風が頬を乱打してくる。

私たちは、涼子、マリアンヌ、私という順で斜面を滑走していった。

公道ではないから、樹木もあれば切り株もある。岩石もころがっている。雪面のどこが陥没《かんぼつ》しているかもわからない。

「必死になれば何でもできる」という精神主義は私はきらいだが、必死にならざるをえなかった。

さいわいスノーモービルのライトは無事で、闇を切り裂く三本の白光がたのもしい。逆にいうと、他に、たのもしいものは何もない。

ほんの二、三分も走っただろうか、スノーモービルの前から、左右から、雪が盛りあがった。たちまち人間の姿になってスノーモービルを包囲する。反射的にスピードを落としてよけようとすると、待ち受けていたように躍りかかり、つかみかかってくる。右によけ、左に避けようとしたが、二、三体にとりつかれた。

「とっ、とっ、と……！」

思わず、声が出る。

「よける必要ないわよ、泉田クン」

私の上司は、有言実行タイプの極点に立っている。いったとおり、彼女は雪人間たちをよけなかった。そのままスノーモービルを突っこませていく。雪人間たちのほうもよけようとしない。当然、衝突する。粉砕された雪人間は、単なる雪のかたまりとなって四散する。

こんなときでも、涼子の颯爽《さっそう》ぶりは変わらない。マリアンヌも「ミレディ」に劣らぬ快走ぶりだ。私は、というと、雪人間が飛びかかってくるたび、ついよけようとするから、かえって車体をコントロールできず、とうとう横すべりに横転してしまった。

私は雪の上に放り出された。身体を丸くして、やわらかな雪にころがったので、ほとんど被害はない。

可能なかぎり早く起きあがる。身体についた雪を払う間もなく、雪人間たちが飛びかかってきた。

パンチもキックも素人《しろうと》なみで、かわしては反撃するのに、たいして苦労もしなかったが、なにしろ数が多い。一体を倒すと、二体が飛びかかってくる。

「泉田クン、何してるの!?」

涼子の声を耳にしたときには、十体以上を倒していたが、いいかげん呼吸が乱れてきた。

勢いのよいエンジン音がして、スノーモービルが乱戦に割りこんできた。乗っているのはマリアンヌだ。

この可憐な美少女は、おどろくほど勇猛だった。スノーモービルごと雪人間にぶつかる。雪人間は、はね飛ばされ、腕や脚がちぎれ飛ぶ。くるりと車首をめぐらして、反対側に突っこみ、ついでに片脚を雪人間の脚にからめて、ひっくりかえす。

「泉田クン、ケガはないわね」

「私のことはいいから、早く行ってください」

「何カッコいいこといってるの」

涼子は舌打ちした。

「似あわないよ！　たまには岸本を見習って、助けを求めなさい。これもあんまり似あわないけどさ」

私の鼻の頭を指ではじくと、涼子はふたたびスノーモービルに飛び乗った。

私も自分のスノーモービルを引きおこして飛び乗る。

倒した雪人間たちが、ふたたびうごめき、寄りあって、人間の形になる。マリアンヌを見習ってはね飛ばしてやろう、と思ったとき、私は妙なものを見た。

雪の中をころがってくるものは、人間の形をしていなかった。三角でも四角でもない、野球のボールのように球形をしている。どんな形をとろうと、先方の自由だが、大きさが問題だった。その大きさときたら、直径五メートルはあったのだ。

「……………！」

私の声は、咽喉《のど》にひっかかった。

もちろん私は、「人間はかならず死ぬ」ということを知っている。いつ、どこで、どうやって死ぬのかな、と、考えたこともある。だが、クリスマスの真夜中に、直径五メートルの雪玉に押しつぶされて死ぬことになろうとは、想像もしなかった。

闇のなかでも、雪玉は存在感をうしなわない。ごろごろところがってくると、一本の細いシラカバの木にぶつかった。気の毒なシラカバは、かぼそい臨終《りんじゅう》の声をポキンとたててへし折れた。

雪玉はシラカバなど見向きもせず――だいたい目があるんだろうか――私めがけて突進してくる。

私はスピードをあげた。飛びかかってくる雪人間を足でひと蹴り。雪人間の白い身体は上下に分かれて吹っ飛ぶ。

妙な考えが脳裏《のうり》に浮かんだ。

「球の体積は4πr^2……いや、これは体積じゃなくて表面積だった。体積は4／3πr^3……rを五メートルの半分、二・五メートルとすると、雪の比重を一として……」

直径五メートルの雪玉に追われながら、むかし学んだ初歩の数学を思いかえす。まったく警官は楽な商売じゃない。

必死になると、すりへった学習記憶にもバカ力が出るとみえて、雪玉の重さはざっと六十五トンという数字が出てきた。

六十五トン！　五トン積みトラック十三台分だ。衝突したら確実に死ぬ。

エンジンよ、とまるな。

心の中で祈りながら、私はスノーモービルを走らせつづけた。エンジン音にまじって、ごろごろと何かすべる音がするのは、もちろん雪玉が重くころがってくる音だ。

死んでたまるか、と思う。生きのこった岸本が、私の死体の前で両手をあわせて、

「いい人でしたけどねえ」

とぬかす光景を想像すると、何が何でもあいつより長生きしてやる、という決意がわきおこってくる。

その決意が力を与えたのか、私は本来の技量をこえて、スノーモービルをあやつることができた。雪玉は私を追って斜面をはねてきたが、追いつくことができず、わずかずつ距離が開いていく（ように思えた）。なにしろ直径五メートルだ。樹木と樹木の間をすりぬけることができず、バリバリと音をたててなぎ倒していく場所もある。

涼子もマリアンヌも、雪玉に追われていた。私は身のほどをわきまえず、ふたりをせめて援護しようとした。そうだ、もし雪玉どうしぶつかってくれれば、もうけもの

ではないか。

しかし私の援護など、彼女たちには必要なかった。

涼子は右後方から雪玉がせまってくるのを肩ごしに一瞥《いちべつ》すると、腰に手をやって何か取り出し、発射した。

雪玉は異音とともに炸裂した。

涼子は雪玉に信号弾を撃ちこんだのである。信号銃は倉庫にあったのだろう。うかつもいいところで、私は気がつかなかったが。

私は叫んだ。

「また来ましたよ！」

それも、ひとつではなかった。四、五個の雪玉が、スノーモービルのライトに浮かびあがる。雪のかたまりにすぎないくせに、明確な殺意をもって近づいてくるように思えた。

涼子は不敵な笑みを浮かべると、いったんスノーモービルを停止した。信号銃の弾をあらたに装填《そうてん》すると、反対側の腰からも一丁を引きぬく。

ボワン、ボアンと異音が連鎖して、ふたつの雪玉が、こっぱみじんになり、雪片が降りそそぐ。

「二丁信号銃のお涼をなめるんじゃないよ！」

どこまで本気で、どこから冗談かわからないが、昂然《こうぜん》として叫んだ。

「マリアンヌ、遠慮は無用よ、吹っとばしておしまい！」

「ウィ、ミレディ」

黒髪の美少女は自分も信号銃をかまえ、一瞬でねらいをさだめて撃ち放した。火箭《かせん》が四個めの雪玉に突き刺さり、ボオンと音をたてて炸裂する。六十五トンの雪が八方に飛散した。

涼子も私も、頭から雪をあびた。かなり大きな雪のかたまりが頭を直撃する。ヘルメットをかぶっていたが、それでも一瞬、頭がクラッとした。そしてちらばった雪は、何者かにあやつられ、一ヵ所にあつまって、ふたたび巨大な雪玉を形成していく。

III

それほど長い距離を走ったわけではない。なのに、無限の距離を、長い時間、走りつづけたような気がした。正しいルートを走っているのだろうか。そもそも、正しいルートなんかあるのだろうか。

ふと、奇妙なものが見えた。これまで見たことのない光景——いや、べつの時にべつの場所でなら見たことがある。

「警視！」

「ちゃんと見えてるわよ」

光が見える。一点だけではなく、半ダースほどが横一列になっている。

「あれは投光器の光です」

「みたいね」

ということは、かなりの人数の警察なり自衛隊なりが出動してきている、ということだ。胸のなかで期待がふくれあがってきた。

あそこまでたどりつけば、何とか助かる。

そんな保証はないのだが、状況が状況だ。私たちは自然に、光の列に向けて針路をとった。

雪人間たちに思考力があるとすれば、似たようなことを考えたのだろう。むろん行動は反対だった。わらわらと私たちに追いすがり、前進を妨害しようとする。

一体が、涼子のスノーモービルの前に身体を投げ出した。そうまでして止めようとしたのだが、涼子は容赦しない。そのまま直進して、雪人間をバラバラに粉砕してしまう。

マリアンヌも私も、それを見習った。雪人間たちをはね飛ばし、蹴散らして、光の列へと疾走《しっそう》する。と、いきなり後ろから首をしめつけられた。

「うわッ」

投光器の光をあびつつ、私のスノーモービルは、ななめに滑った。今夜二度めだ。もう充分である。おまけに車上から放り出され、雪の上を三転四転して、停《と》まったのは投光器の列の直前であった。

「いったい何だ⁉ 変な音がしたが……」

地球人の男たちの声がする。雪の上にすわりこんだ私の左右に、涼子とマリアンヌがスノーモービルを停車させる。防寒仕様の制服を着用した警官が駆け寄ってきた。

「ここはどこ？」

という涼子の問いに、

「群馬県の谷原《たにはら》温泉です。ＩＲとの境界線上にあります」

「そうなの」

どうやら私たちは雪原を突破することができたようだった。

「あなたがた、どこから来たんです!?」

「カジノからよ」

「カジノ!?　カジノは無事なんですか」

「あんまり無事でもないわね。まだ一万五千人が閉じこめられていて、建物は半壊、停電していて暖房もなし。内閣官房副長官も寝こんでしまって総責任者不在。政府はどうする気かしらね」

「で、あなたは？」

「警視庁の薬師寺よ」

「えっ、するとあのドラよ——」

この警官は物識《ものし》りらしい。警視庁内に知人でもいるのかもしれない。

彼はあわてて走り去ったかと思うと、三十秒ほどでもどってきた。今度は、四十代の、やたらと身体の幅の広い男がいっしょだった。

「失礼いたしました」という声も、耳が重くなるほど太い。

「警視庁刑事部の薬師寺です」

「群馬県警機動隊隊長の岩松《いわまつ》と申します。カジノ、いやＩＲのようすはどうですか」

「さんざんですわ。半分、雪に埋もれて、停電で、灯火《あかり》も暖房もなし。外国の要人に死者でも出た日には……」

わざと言葉を切って、

「それと……」

「それと、何です？」

涼子は首を横に振った。

「いってもも信じていただけないでしょう」

「それは、こまります。信じる信じないは、こちらで判断しますから、ありのままを話してください」

涼子は私を一瞥した。私はひとつ咳《せき》をしてから言い放った。

「雪人間です」

「雪人間!?」

岩松隊長は、顔全体には似あわぬ円《つぶ》らな瞳を、さらに大きくした。

「雪でできた人間です。これが群れをなして、人々をおそっています」

「雪でできたって、どういう意味ですかね」

「文字どおり雪でできた人間型の生物です」

岩松隊長は、湯わかし人間状態になって、私をにらんだ。

「君、こんな大勢の人命がかかっているときに……」

「ほら、やっぱり」

涼子が声をあげた。

「信じてくれませんでしたわね」

「いや、それは……」

岩松隊長はうなり声をあげた。

「そ、そういう扮装をしたテロリストではないのですかな」

なるほど、現場・現物を見ていない常識人としては、そのあたりが妥協点《だきょう》というところらしい。

「で、どういう状況なんだね、カジノは」

「一刻も早い救援が必要です。通信は回復してないんですか？」

「してないんだ。近くの基地局は全部倒壊しているらしい。とりあえず晴れるのを待ってたんだが……」

ここで岩松隊長は声を大きくした。

「よくまあ、やって来られたものだ。敬服するよ。いや、我々も偵察《ていさつ》を出そうとはしたんだが」

ほめられたかどうかはともかく、私には確認したいことがあった。東京近辺は無事なのだろうか。

「ずいぶん局地的な地震で、高崎あたりでも震度2ていどですんだ。首相はもちろん無事だが、これから一万五千人を救出しなければならんとて、自衛隊にも出動命令が出とります。しかし、この暗闇と悪天候とを考えると、朝までは動きようがない」

ていねい語と普通語がいりまじっているのは、涼子と私をかわるがわる見ながらしゃべっているためで、律義《りちぎ》なのか迂遠《うえん》なのかわからない。

「それで、群馬県警としては、どうなさるおつもり？」

「ここまで出動してきたから、新潟県警と連絡をとって、夜明けと同時に救出活動を開始するつもりだったんだが……」

岩松隊長の眉がゆがんだ。

「警察無線も通じませんの？」

「通じんのですよ。まったく、わけがわからん」

カジノを中心にして、半径五、六キロ以内は、超常現象下におかれている、ということだ。

「だから、カジノの状況をくわしく教えてください」

「といわれてもねえ。全体像は私たちにもよくわからないの。大きな音が聞こえないから、大パニックにはなっていないと思うけど、保証はできないわね」

涼子は、じろりと岩松隊長を見やった。

「それに、また吹雪になったら、かなり大きな音でも聴こえないわね」

三千人態勢といっても、こうなったら手も足も出ない。

岩松隊長が応《こた》える。

「夜明けまでに八百人、あたらしく動員が予定されとります」

「それだけじゃ、とてもたりないわね」

人海戦術論者の涼子が突き放す。私は彼女にささやいた。

「私たちがいない間に、死者が出ていないか、と思うと心配です」

「心配してもしかたなくてよ。あたしたちのせいでもないし」

ドライだが正論である。

機動隊員たちは、ごついが親切だった。とくに涼子とマリアンヌには。涼子はマリアンヌのことを、フランス警察からの研修生だと紹介し、機動隊員たちは一片の疑いもなく、それを信じた。彼らは涼子とマリアンヌに、紙コップの熱いコーヒーを差し出し、チョコレートバーを手渡す者までいた。

私はといえば、コーヒーと引きかえに、不審と疑惑まじりの質問をあびせられた。私にだってわからないことを問い質《ただ》された。

「いったい何でこんなことになったんだね？」

「こっちが尋きたいくらいですよ！」

私の態度も反抗的になってくる。

林の奥から、バキバキという音がひびいてきた。それが意味するものを、私は知っている。飲みかけのコーヒーを放り出して、私は突っ立った。

「雪玉が追ってくる！」

「雪玉？」

警官たちは笑い出した。こんな場合でも、人間は笑えるものだ。

ただ、いつまで笑えるか。その答は、現実に直面するまで。

木の折れる音がひときわ大きくなった。さすがに警官たちが愕然《ぎょっ》として林の方角を見やった。投光器の光に浮かびあがったのは、直径五メートルの雪玉だ。警官たちは思わず、あとじさった。

「何だ、あれは!?」

「ごらんのとおり」

涼子は形のいい胸をそらした。

「百聞は一見に如《し》かず。ウソじゃないって、わかったでしょ？」

何だか自慢しているようだ。岩松隊長はうめいた。

「内容《なかみ》も全部、雪なんですな」

「そうよ」

「だったら遠慮はいらんな」

岩松隊長は大きな歯ぎしりをひとつすると、部下たちに命じた。

「散開！　射撃用意！　雪玉をねらえ」

標的は直径五メートル。まさか、はずすやつはいないだろう。

「撃て！」

拳銃の射撃音が連鎖する。十弾ばかりが放たれた。

ところが、はずれた。

雪玉はバウンドして、パトカーの一台を上方から直撃した。おおよそ六十五トンの重量に、パトカーは、ぐしゃりといやな音をたててつぶされた。車内には、ふたりの警官が乗っていたはずだ。

「射撃つづけ！」

岩松隊長の、うろたえた声が聞こえる。これは無理もない。カジノに閉じこめられた人々を救助するために出動したのであって、テロリストとの銃撃戦など予想していないから、はなから準備ができていない。だいたい、銃器の数自体がたりないはずだ。太平洋の東側にある同盟国、いや、宗主国とはちがうのである。

またしても銃声がつらなる。今度は数弾が命中し、雪玉から雪が散った。だが銃弾が小さいから破裂はしない。

いらだたしく見守っているうち、私の脳裏にある考えが浮かんだ。

「照明弾を打ちあげてください！」

涼子が私の言葉にうなずいた。

「何発でも、空に光が見えたら、カジノにいる人たちが気を強くする。彼らは孤立の恐怖におびえているんだから、そうでないとわかったら、きっと、おちつくわ」

「なるほど、わかった」

Ⅳ

「泉田クン、グッド・アイデア。さすが、あたしの首席幕僚だわ」

「そんな、たいした知恵じゃありませんよ。自分だったらどういう心境かと想像してみただけです」

「かわいくないなあ。上司がほめてるんだから、ありがとうございます、これも日ごろのご指導のおかげです、と答えときゃいいのよ」

涼子は私をにらんだ。

「そのていどで、上司はいい気分になって、引きたててやろうと思うんだからね」

「ありがとうございます、これから気をつけます」

「かろうじて合格点」

不毛な会話をかわしている涼子と私を、マリアンヌが、くすくす笑いながら見つめている。彼女が三人のうち最年少なのだが、年長者ふたりのほうが子どもっぽいようだ。

いきなり空中で光が炸裂した。二発、三発、たてつづけに照明弾が打ちあげられ、かなり地上は明るくなる。カジノで凍《こご》えている人々にも、この光が見えるだろうか。

涼子が岩松隊長を見やった。

「谷原温泉って、よく知らないけど、温泉としてどうなの？」

ぶしつけに問いかける。

「谷原温泉の泉質は、水沢温泉に劣らんですよ」

妙なところで、岩松隊長は県民意識を刺激されたらしい。

「源泉の温度は七十度あります。水沢のほうは六十二、三度ですからな」

涼子が舌打ちした。

「温泉の湯をぶっかけて、融《と》かしてしまうのよ。早くなさい！」

こんな準パニック状態のときは、声が大きい者が強いようだ。

「そうか、その策《て》があったか」

岩松隊長は手を拍《う》って、部下たちに太い声で命令した。

「いちばん近い源泉から、ホースをつないで持ってこい！」

こんなばかばかしい命令は、出すほうも受けるほうも、はじめてだろう。最初で、しかも最後であることを、私は彼らのために祈った。

結果だけいえば、大成功だった。直径五メートルの雪玉は跡形もなく消え去った。

「やったやった！」

「ざまあみろ！」

警官たちが歓声をあげる。口笛を吹く者までいた。その心情《きもち》、よくわかる。よくわかるが、私には、あらたな心配の種《たね》がわきおこってきた。雪も水も、湯も氷も、結局はおなじものだ。とけた雪がまた凍りついたら、氷になって、より危険になる。

　そのことを上司に告げると、涼子は、あきれたように私を見た。

「君はホントに心配性だよねえ」

「そうでしょうか」

　だとしたら後天的なものにちがいない。

「それより、そろそろトバク場にもどらなくちゃ」

「そうでした。ですが、まだ真っ暗ですよ」

「投光器を前進させる。照明弾は、ありったけ打ちあげる。警官には全員、照明を持たせる。それだけやってれば、何とかなるでしょ」

「ですね」

　涼子とマリアンヌと私が、スノーモービルを引きおこして雪を払っていると、巨体をゆらして岩松隊長が走ってきた。身体の割によく走る人だ。

「東京から千五百名が出発した。夜明けにはここに到着する予定だ」

　私は腕時計を見た。午前三時五十分。何日も雪の中を彷徨《ほうこう》したように感じていたが、一時間もたっていなかったのだ。

今回の事件は、人海戦術でなければかたづかない面があるから、千五百名の援軍は、たのもしくはあった。ただし、まともな敵ではないから、どのていど有効だろうか。凍傷患者がふえるだけかもしれない。

「まあ、いないよりましよ」

涼子は意外にオウヨウだった。

「兵力の逐次《ちくじ》投入ってことになるかもしれないけどね。あら、あれ何？」

涼子が夜空の一角を指さした。私は思わず声をあげた。

へろへろと、疲れきったように夜空を徘徊《はいかい》しているのは、リュシエンヌが飛ばしたドローンにちがいなかった。岩松隊長が問う。

「何です、あれは」

「カジノから飛ばされたドローンです」

「ほう!?」

「手でも振ってやってください。それを見たら、残っている人たちが元気づけられると思いますんで」

「そ、そうですな」

岩松隊長は、すなおにうなずいた。すっかり涼子と手下のペースに巻きこまれている。退職後には、さぞ茶飲み話の種になることだろう。

「泉田クン」

何か突き出された。熱い香気が鼻を打つ。コーヒーの紙コップだ。「もう一杯飲《や》ってから出発」と上司は告げた。

「インスタントだけど、身体はあったまるわよ」

機動隊員に、淹《い》れてもらったらしい。さぞいそいそと淹れてくれたことだろう。

「いただきます」

「飲んだらいくわよ」

「いく？　どこへ？」

「決まってるでしょ。トバク場」

私は舌を火傷《やけど》しそうになったが、考えてみれば、ここでのんびりコーヒーを堪能《たんのう》している場合ではない。とって返して、状況を「トバク場」に知らせてやらなくては。

私が食道と胃をあたためて、すこしばかりホノボノとしていると、涼子が声を大きくして呼びかけてきた。

「泉田クン、通じたよ」

「トバク場にですか」

「残念ながらそうじゃないけど、東京と」

「へえ、じゃあ……」

同僚の丸岡警部、阿部巡査、貝塚巡査と話がつながったのだった。三人とも、私たちの無事をよろこんでくれた。阿部巡査は車で官舎を出て、東松山《ひがしまつやま》付近まで来ているらしい。貝塚巡査は家を出ようとして両親に制止され、丸岡警部は防寒の用意をして朝まで待機中――と、それぞれ駆けつけてくれようとしていた。

それに対して涼子は、うかつに動かず、朝になってこちらから連絡するまで待つよう指示した。

彼らとの話が一段落したところへ、岩松隊長が報《しら》せにきた。

「私らはすぐ準備して出発します」

「無理はなさらないでください」

「なに、これまでやられ放題でしたからね、人数もそろえたし、そろそろ出番ですよ」

岩松隊長が豪快に笑って、雪を踏みしめていった。

「はりきってますね」

「そりゃ、新潟県側より早く、現場の状況を知ったんだし、先に功名《こうみょう》をあげたいでしようよ」

「なるほど」

「ただ、天候が保《も》つといいけどね」

涼子は晴れた夜空を見あげた。たしかにそうだ。急変した天候に乗《じょう》じて、まんまとここまでたどりついたが、今度は悪いほうに急転しないとはかぎらない。

「考えてるヒマはないわね。あたしたちも行くわよ」

涼子がスノーモービルのエンジンを起動させ、私とマリアンヌがそれにつづく。エンジン音を聞いた機動隊員が二、三人とんできた。

「どこへいかれるんですか!?」

「いわなきゃわからないの!?」

「かってに行動されてはこまります。こちらの指示にしたがってください」

「ふーん」

涼子は、かるく両眼を細めた。

「あたしたちは警視庁の人間だから、あんたがたの指図《さしず》は受けなくてよ。他人のジャマするヒマがあったら、さっさと自分たちが行動したらどうなのさ！」

そうだそうだ。

私が心のなかで上司に拍手を送ったとき、マリアンヌが私の袖を引っぱって、いま来た道の方向を指さした。

見ると、上方の闇の一部が薄明るくなっている。あわいオレンジ色の光のかたまりが、宙に浮く鬼火のように見えた。

V

「どこかのバカが、逆上して、トバク場に火をつけたんだわ！」

涼子は決めつけた。あわてて私は口を出した。

「電気系統が復旧したのかもしれませんよ」

「だったらいいけどね」

いいかわすうちに、天候があやしくなってきた。もう何度めのことやら、いちいち憶《おぼ》えていられない。ちらちら降る雪が、意地悪く目にはいってくる。

「大雪ナマズは、火を消そうとする。当然よね」

「すると、また雪が降りはじめる？」

「たぶんね。いくわよ、マリアンヌ」

エンジンの音も高らかに、スノーモービルは雪を蹴って上っていく。

「あのオレンジ色の光が目標よ。あたしたちが到着するまでは、消えないでいてほしいわね」

それは、燃えつづけていてほしい、ということになるのではないか。

多少の疑問を抱きながら、私は、スノーモービルのエンジンをかけた。

自分の脚で走るのではないから、上りは下りより楽だった。下ってきたときのスキーとキャタピラの跡《あと》をたよりに、オレンジ色の光めざして上っていく。へし折れた樹木が何本もスノーモービルのライトに浮かび上がって、私たちと雪人間と大雪玉が、自然をひっかいた傷跡をのこしていた。

十五分ぐらいだろうか、私たちはスノーモービルの出発点にもどってきた。風に吹きちぎられた煙が、どんどん濃くなっていく。

巨大なアリーナは、まだ五分の一も焼けてはいなかったが、ガソリンの臭気が鼻を衝《つ》いた。放火だ。涼子がいったとおり、どこかのバカが火をつけたのだ。闇の恐怖から逃れるため？　それとも寒気を追い払うため？

火と煙の饗宴《きょうえん》のなか、一万五千人近くの群衆が叫喚《きょうかん》しながら逃げまどっている。

「お由紀、どこにいるの!?」

涼子がライバルの名を呼んだ。

逆上した群衆の二、三人が駆け寄ってきて涼子からスノーモービルを奪おうとする。やむをえない。私は、ひとりを蹴倒し、ひとりの横面《よこつつら》にパンチをいれた。三人めはマリアンヌが思いきり蹴倒す。

「お由紀、あんたがいながら、このザマは何よ！」

駆け寄ってきた由紀子を、涼子が一喝する。

「弁解はしないわ」

蒼ざめた顔で、由紀子は応じた。その顔を炎が照らし出す。涼子が歯ぎしりしたとき、雪玉ではなかった、雪玉状に着ぶくれた人影がころがってきた。

「いえ、室町警視に責任はありませんです。いきなりアリーナの向こう側から、パーッと火の手があがったんですから」

「あら、岸本にもロイヤリティーがあったのね。じゃ、だれの責任？　というか、放火犯はつかまったの？」

「まだですよーん」

岸本以上に軽薄な声が、この世には存在するのだった。右手に拳銃をさげた細身の男がわざとらしくゆっくり近づいてくる。

「えーと、何て名だっけ、あいつ」

「成田です」

「成田あ〜！」

涼子の声にはただならぬ凄《すご》みがあったが、成田にはこたえたようすもなかった。

「お仲間を責めないでやってくださいよ、きれいなお姉さん。おれだって、ちゃらいばかりの男と、美人に思われたくないもんね」

成田は、電撃的に動いた。左手は岸本の襟首をつかみ、右手は拳銃を岸本の頭に押しあてている。

その姿勢で、成田は、けけけと笑った。

「そら来た！」

来るものが来た。さえわたる月光に照らされていた地上が暗くなった。暴力的な音をともなって、雪が吹きつけてくる。

「こんな状況でしょ。おれみたいなチンピラにかまってる余裕、ポリスにもないですよ。逃げ出すのも、人波にまぎれこむのも、拍子ぬけするほどイージー」

「何を考えてるんだ！」

「といわれてもねえ。停電がつづいて熱も光もないし、豪華なパーティーのはずが、乾パンと水じゃ、払ったチケット代の分も取りもどせない。紳士だって頭にくるっしょ」

「…………」

「緊急避難ですよ。おれは一万五千人の人を凍死から救おうとしたんですからね」

「緊急避難はわかった。わかったから、拳銃をよこせ」

私は右手を差し出した。返ってきたのは、へらへら笑いだった。

「そうはいかないんだなあ、マジメな刑事さん。だいたい、一般市民に協力を求めるのに、命令口調はないっしょ？」

「ここはアメリカじゃない。拳銃を持ってる人間を、一般市民とは呼ばないんだよ。だが、そういうなら、あらためる。それは警察拳銃です、こちらへ渡してください」

今度は、げらげら笑いが返ってきた。

「あんたみたいな人、好きだなあ。スナオで善良でさ。オマワリになるために生まれたような人だね。でもさ、もっと好きなのは、オマワリに向かない人でね」

「ふえーん」

岸本が泣き声をあげた。

「おっとっと」

成田が苦笑めいた声をあげ、岸本の襟をつかみなおした。

「ちぇっ、いちばん人質にとりがいのないお兄ちゃんを、人質にしちまったな。まあ、いいや、これでもキャリアなんでしょ」

「そうだ、キャリアだ。害を加えたら、ただじゃすまんぞ」

「助けてくださあい」

岸本がまたも泣き声をあげる。

「ちょっとガマンしろ。すぐ助けるから」

「すぐねえ……何ならキャリアとノンキャリアを人質交換してもいいんですよ。だけど、あんたのほうがあつかいにくい。どう、美人のお姉ちゃんふたり、こっちへおいでよ」

涼子が唾《つば》を吐き、由紀子は成田をにらみつけた。

そのとき私は気づいたのだった。ふたりの女性キャリア官僚の他に、もうふたり、美人がいたことを。私はなるべく顔を動かさないようにして、マリアンヌとリュシエンヌの姿を目で探した。そして、見つけたのだ。成田の背後に、ふたりの姿を。

マリアンヌの手から雪玉が飛んだ。

第七章　カフカっぽい世界で

I

成田の右手首に雪玉が激突すると、拳銃が彼の手から飛び、宙に舞ってから落下した。

「いてえッ」

「ひゃわわわ」

岸本は文字どおり、ころがって成田から離れる。雪上に落ちた拳銃をとれ、というのは岸本にとっては酷《こく》な話だ。

苦痛とおどろきに顔をしかめながらも、拳銃を足で踏みつけたのは成田だった。確保した、と思っただろう。だが、その成田の足の甲《こう》を踏みつけた者がいる。かくいう私だった。

一瞬、成田の動きが停止する。すかさず私は短くするどくパンチをくり出して、成田の左頬から鼻にかけて、したたかに一撃くらわせた。

「なぐったな!?」

それまでのふざけた態度を一変させて、成田がわめいた。

「ああ、なぐったよ」

私は成田の襟元をつかみなおす。完全に頭に来ていた。

「今度は蹴とばしてやろうか、どこがいい？」

成田の表情が、ふたたび激変した。怒気がぬぐいさられ、へらへら笑いがもどってくる。

「いやだなあ、冗談だよ。おれが警官を撃ち殺すなんて、まさか本気で思わないよね」

「たとえ二、三秒でも、許可を持たない者が銃を手にしたら、銃刀法違反だ。冗談なら、もっとセンスよくしろ」

私は成田を思いきり突きとばし、雪の上にひっくりかえしておいてから、拳銃をとりあげた。

「さあ、起《た》て！」

「最初から立たせておいてくれりゃいいのに」

「つべこべいうな」

私は上司たちのほうを見た。

「こいつ、どうします？」

「一発でかたをつけたほうが楽なんだけどな」

「新潟県警に引き渡したほうがいいわ」

私は、良識的な意見のほうにしたがって、成田を新潟県警の一団に突き出し、いささか残念だったが拳銃も引きわたした。

炎に照らし出されたオレンジ色の駐車場を、動物たちが必死に逃げていく。いるわいるわ、キツネにタヌキ、イタチにウサギ、どこからどう移住してきたのか、アライグマにハクビシンとやらまで、生命《いのち》がけの競走だ。そうなると当然……

「クマだあ！」

「サルだ、サルだ」

パニックをおこしたサルが、地球人の女性たちに向かって飛びつく。けたたましい悲鳴。

「撃ち殺せ！」

「いや、殺しちゃいかん」

「そんなことといってる場合か」

「人にあたったらどうする!?」

地球人の男たちもさまざまで、サルに向かって消火器で泡を吹きつける者もいれば、女性を放り出して建物のなかへ逃げこむ者もいる。闇のなかへ走りこむサルもいる。

一貫して攻撃的なのは、雪人間どもであった。

一台の車に数体の雪人間がむらがる。視界をふさがれた車。車内の人はパニックにおちいり、ブレーキとアクセルを踏みまちがえて、暴走状態になる。雪人間だけでなく、地球人もはね飛ばし、他の車に突っこむ。衝突音につづいて、ボンという異音があがり、車が火を噴いた。ドアが開いて、車内の地球人が外へころがり出る。

「惨状」とは、まさにこのこと。

「こんな事件があったとは、けっして報道されないだろうなあ」

すべては地震と吹雪、それによるパニックですまされてしまうだろう。実際、表向きはそのとおりなのだ。犠牲者が何十人、何百人出るやら見当もつかないが、数値化されて統計に組みこまれてしまうだけである。

もとの場所にもどってみると、だれもいなくなっていたので、建物に足を向けた。何回、なぐりかかられたかわからないが、私服姿だったので、場ちがいに道を尋ねられずにすんだ。パーティー会場に足を踏み入れると、何百人もの男女が、あらそったり逃げまどったりだ。いったんアリーナに集合したものの、逃げもどってきたのだろう。

こうなってくると、パーティー会場は兇器の巣である。ナイフやフォーク、それに食器のかけらが千人分以上あるのだ。いくら何でもスプーンを兇器にはしないだろう、と思うが、目でも突かれたら笑いごとではすまない。

「みなさん、お静かに！」

「ナイフやフォークをすててください！」

「静かに、おちついて！」

「ナイフをすてて！」

くりかえし警官たちはどなるが、耳を貸すのは、せいぜい半分だ。ナイフをすてた者もいるが、べつの者からナイフで切りつけられて血を流すと、ふたたびナイフを取りあげて、手近の人間に切りつける。

「このやろう！」

「何がこのやろうだ！」

罵声《ばせい》がとびかう。

ナイフとフォークのチャンバラに、ビール瓶をたたき割って、とびいり参加する者がいる。コーヒーポットを投げつけられ、熱い黒い液体を頭からあびた者が悲鳴をあげる。

ふと見ると、倒れずに立っていたテーブルの上で、涼子が地球人の男とチャンバラしている。涼子はスイーツ用の小さなフォークで、目を血走らせた相手の男は、ローストビーフを切りわける大型のナイフで、丁々発止《ちょうちょうはっし》だ。

男もいい年齢《とし》で、いい身なり。さぞ社会的地位のある人物だろうに、すっかり興奮逆上しているらしい。

「ムダな抵抗はおやめ」

「やかましい。私をだれだと思ってる」

「傍迷惑《はためいわく》な酔っぱらいでしょ」

「こ、こいつめ」

男は猛然とナイフを突き出した。涼子は身体を開いてそれをかわすと、フォークをナイフにからめて、ぽんと床に落とす。白手《すで》になった男があわてたところを、すばやく前進して、脇腹に肘打ちをたたきこんだ。

「文武両道、智勇兼備、傾国絶色、青天白日、七転八倒。ドラキュラもよけて通る薬師寺涼子とは、あたしのことだ」

目をまわした男の身体を踏みつけて、涼子は形のいい胸をそらした。

「文句があるなら、かかっておいで。男の可燃ゴミども！」

「警視、挑発はやめてください！」

「あら、泉田クン、長いつきあいなのに、まだわからないの」

「何がです」

「暴徒の敵意を、あたしに集中させて、他の人への攻撃をふせいでるのよ。わからない？」

ものはいいようだ。本当はチャンバラしたいからに決まっているが、一片の真実もふくまれてはいる。

フォークをつかんだまま周囲をにらみわたしていた涼子の視線が一点にとまる。部屋の隅で、ひとりの男が若い女性をねじ伏せて、最悪のセクハラにおよぼうとしていた。

と見るや、涼子が投げつけたフォークは冬の大気を裂いて飛び、男の右の尻に突きささった。おみごと。

ぎゃっ、と悲鳴をあげて男はのけぞり、反動で前のめりになると、はでな音をたてて倒れこんだ。フォークは銀色のシッポのように、右の尻に突き立ったままだ。

「混乱に乗じて、悪事をはたらこうなんて思ったら、あたしが赦《ゆる》さないからね。生命があってありがたいとお思い」

「お涼、傷害罪よ！」

「何いってんの、正当防衛よ」

涼子が反論すると、「そうね」と、あっさり由紀子も引きさがった。思いはおなじ、ということだろう。いくら逆上したとはいえ、公共の場所でけしからぬ行為におよぼうとした男に、同情する余地はない。

男をとりおさえるために、何人かの制服警官が駆け寄っていく。そのひとりに、由紀子が声をかけた。

「通信は、あいかわらず？」

「はあ、通じません。どこで何がおこってるんですか？」

反問されてしまった。警官も地球人の子、混乱も困惑もあり、心ぼそくもあるだろう。三千人の警官といえば、日本ではたいへんな武力集団のはずだが、言い古されているように、大自然の前では、ちっぽけなものだった。

「ここは、これくらいにしておくか」

チャンバラに飽きたらしく、涼子はひょいとテーブルから飛びおりる。半ば私のほうへ飛びおりてきたので、あわてて抱きとめた。バランスをくずして、ひっくりかえりそうになったが、かろうじて踏みとどまる。

「あいかわらずヘタね」

「すみません」

「もっと修業をおつみ」

どうやって、と反論したいところだったが、おりから外で、わッと声があがった。事故が起きたようだ。

スノーモービルが、リムジンの横腹に激突したのだ。

人体が宙に舞う。リムジンのタイヤに巻かれたチェーンがちぎれ飛ぶ。リムジンの車体の側面は、無惨につぶれ、ドアはひしゃげ、ガラスは悲鳴をあげてくだけた。

リムジンから、いくつかの人影がころげ出た。直後、スノーモービルから黒煙があがり、オレンジ色の炎が噴き出す。

疲れを知らない涼子は、さっそく駆け寄ろうとしたが、私は腕をつかんで引きとめた。リムジンに引火爆発がおこる可能性があったからだ。

私の予感はあたった。スノーモービルのときと比較できないほどの爆発音がして、炎と煙が噴きあがり、車体の破片が私たちの足もとまで飛んできた。

II

溜息まじりに私は問いかけた。

「だれが最終責任をとるんですかね」

「だれもとらないわよ」

涼子は言いすてた。

「最初の原因は地震だもの。それに雪崩。いくらあたしだって、地震をおこした人間を逮捕しろ、とはいえないわよ」

もっともである。

上司に理性が残っているのを知って、私は安堵《ホッと》した。

自家発電機はまだ一部が稼動しているらしく、建物の内外は、何とか見えるていどには明るい。それに火災の炎も加わって、夜明け前の闇のなかで、地球人たちのひしめく一角だけが、薄明るい。

メガフォンを通した声が聞こえたのはそのときだ。パーティー会場のエントランスのあたりに制服警官たちが壁をつくっている。

メガフォンで人々に話しかけているのは、新潟県警本部長だった。

「静かにしてください。おちついてください。もうすぐ救援が来ます。すぐに来ます！」

「ウソつき！」

群衆の間から、容赦ない糾弾《きゅうだん》の声が飛ぶ。本部長は顔をこわばらせたが、聞こえなかったふりをして、「救援が来ます」をくり返す。損な立場だ。

駐車場では、どこへ逃げようもないのに、車に乗って逃げようとする人々が、たがいにあらそっていた。

「おれの車に何をする!?」

「何をいうか、私の車だ！」

「カギをよこせよ！」

突然、罵声をかき消す轟音《ごうおん》。自然の風に爆風の威力が加わって、人々がなぎ倒される。

「いったい何ごとよ!?」

「倉庫のガソリンか灯油に引火したみたいです」

さらに二度、爆発音がひびきわたった。

熱風が吹きつけてきて、私たちは腕で顔をおおった。石油の燃えるいやな匂いが鼻をつく。

黒煙は天を摩《ま》して、星空の半分を隠してしまう。地上の雪は融《と》けたり踏まれたりして、ほとんど泥濘《でいねい》だ。

「助けてえええええ！」

ロシアンセーブルのコートに火のついた中年女性が、走りまわりながら絶叫する。

「ぬぎなさい、コートをぬぎなさい」

忠告する声が四方から飛ぶが、女性の耳にはとどかない。

と、駆け出したリュシエンヌが、女性に駆け寄って突きとばした。女性は両足をあげて、ひっくりかえる。リュシエンヌはその女性の身体を、手と足でごろごろところがした。雪でもって、コートの火を消したわけだ。

やれやれ、と思ったとき、別種の異様な音が聞こえた。今度は何だ、と思う間もなく、青い光がふたつ、いったん私の前を横ぎって、一同の前で停止した。またも異音。今度は、はっきりわかった。猛獣の咆哮《ほうこう》だ。

「うッ」

私はうめいてしまった。目の前にいるのは、本物の生きたライオンだった。両眼に憤怒《ふんぬ》の光がかがやいている。

「何でこんなところにライオンが……」

「サーカスよ」

涼子が応じた。

「パーティー会場にはいれない人たちは、アリーナでサーカスを見物することになってたの。その最中に、こんなことになるなんて……忘れてたわ」

変事の連続だ。涼子が忘れていたとしても責められない。

「岸本、いる?」

「ふぁ、ふぁあい」

「あんた、このライオンを何とかしなさい」

岸本はすくみあがった。

「な、何で、ボ、ボクが……」

「あんた、猛獣の背中にまたがるのが得意でしょ」

「そ、そ、そんなことはありません」

「ケンソンしなくていいわよ。シベリアで大活躍したじゃない」

かつて岸本はシベリアでサーベルタイガーの背中にしがみついたことがある。好きでやったわけではないが、いまも生きているから何とか乗りこなしたわけだ。

「それに較《くら》べりゃ、何てことない。総監の手紙にもあったでしょ、君ならきっとやれる、とかさ」

「あ、あれはボクあての手紙とちがうですぅ」

岸本の必死の抵抗も、効果はない。

「ほら、ライオンさんが待ちかねてるよ。いっといで」

前へ押し出そうとする。ひえー、と岸本のなさけない悲鳴があがる。さすがに私もアワレになったが、

「ここで私が行きますといったら、そうなりかねないもんな。くわばらくわばら」

と、利己的なことを考えた。

ライオンのほうも、去就に迷っているらしく、私たちをにらんだまま動かない。

と、後方からいくつかの靴音が近づいてきた。

「射殺を許可する！」

新潟県警本部長が、精いっぱいの大声をあげた。帽子はどこかに飛び、薄い髪は乱れて気の毒な姿だ。

警官たちは、半ばうろたえ気味に拳銃に手をかけた。民間人をふくめ、三億丁以上の銃が横行している「自由の国」と異なり、日本の警官は、ほとんど、一生に一度も、訓練以外で銃を発射することはない。まして、うかつに発砲すれば人にあたる。

ライオンの口に光があたって、ふたたび私たちを愕然《ぎょっ》とさせた。口のまわりが赤く汚れていたのだ。すでに人間をおそっていたのである。

ライオンがまた咆哮し、地球人はいっせいに後退した。本部長は逃げ出すのを必死にこらえているが、彼はまだいい。周囲を武装した警官たちにかこまれているから。

警官たちはライオンに直面しているのだ。

「かわいそうだけど……」

涼子が拳銃を警官のひとりからひったくった。

「人間の血の味をおぼえた猛獣は、生かしておけない。ごめんなさい」

「しかたありませんよ」

芸のないなぐさめようだが、他にいうべき言葉もない。

「ありがとう」

涼子が答えたとき、褐色《かっしょく》の大きなものが飛んだ。ライオンが跳躍したのだ。

銃声が乱れ飛ぶ。ライオンの巨体に赤い穴がいくつかあいて、百獣の王は泥と雪の上に落下した。

大きな溜息が地球人たちの間からもれる。

後始末を警官たちにまかせて、私たちはその場を離れた。

何となくしょぼくれた感じでタヌキンを抱いていた岸本がぼやいた。

「たまらないなあ、こんなことがつづくのは幽霊のたたりとちがうかしら」

「幽霊なんか出るわけないでしょ」

涼子は幽霊を否定しているわけではない。

「日本の幽霊は季節労働者で、夏にしか出ないんだから。冬は引きこもって出てこないの」

するとと岸本が反論した。

「よ、妖怪《ようかい》ならべつでしょ」

「妖怪？」

「雪女とかですよ」

岸本がやたらと力説する。

「だいたいこんな雪国の山奥にカジノをつくるなんて、自然の霊を怒らせるようなもんじゃないですか。地価が安くて、有力議員の選挙区だからって、これはないですよ」

いたって、まともな意見である。思わず感心してしまった。と、行く手に百人ばかりの男女が、かたまっている。どこへ逃げたらいいか、わからないでいるのだろうが、聞こえてくる会話が、剣呑《けんのん》だった。

「何、あの丸いものは？」

「雪玉だ」

「何で雪玉がこんなところに？」

「変なのは、そっちじゃないだろ！　あの大きさを見ろ」

直径五メートルの雪玉は、寒風を裂いて、群衆のただなかに突っこんできた。

「わあッ」「きゃあッ」「ひいッ」

さまざまな悲鳴が、雪煙とともにあがって、数人の男女が、雪玉の暴走に巻きこまれた。下じきになった人もいるし、雪玉の中にのみこまれた人もいる。

何本もの腕や脚が、雪玉から突き出る。何十年も前のマンガに登場するような光景だったが、ユーモラスというよりグロテスクだった。

私たちがなす術《すべ》もなく立ちすくんでいると、グロテスクな雪玉は針路を変えた。よりによって私たちのほうへ向かってきた。ゴロゴロと遠雷のような音をたてて。

Ⅲ

「出たあ！」

岸本がタヌキンを放り出した。「レオタード戦士」の美少女ではなく、タヌキだと、やはり愛着に差が出てしまうものらしい。

あとの五人は、それぞれに身がまえたが、もっとも迅速《はや》かったのはマリアンヌだった。雪と泥を蹴って雪玉の横にまわりこむと、あざやかな飛び蹴りをくらわせたのだ。

雪玉は、しかし、美少女の痛烈な一撃をものともしない。かえってマリアンヌの足を吸いつけ、ずるずるとのみこもうとしたから、おどろいた。涼子といっしょに、マリアンヌの身体に飛びつき、かろうじて引っぱり出す。

「あれはダメよ。ひとまず後退！」

涼子がいい、岸本を先頭にして雪玉から離れた。

建物に近づいていくと、ふたりの男が口ぎたなく、ののしりあっている。

「こんなところに、こんなものをつくるから、こんなことになるんだ！」

「こんなこんなと、くりかえすな。耳ざわりだ。そっちが誘致したから、国費で建設したんだぞ」

「私は前任の知事から引きついだだけだ」

「引きつぐのを公約にして当選したくせに、何を他人事《ひとごと》みたいに……」

官房副長官と知事が、ネクタイをつかみあうのを、周囲の人々は、しらけた表情で見守った。

「まあまあ、ここはひとつ……」

どちらかの秘書が、過去に何億回も使われた言葉を用いて、割ってはいろうとする。

「すっこんどれ！」

ふたりのＶＩＰに同時にどなられて、秘書は身体をちぢめて引っこんだ。

宮づかえもたいへんだ。あらためてそう思いながら歩いていくと、またまたひと騒動おこっている。

「かってなマネをするな！」

新潟県警本部長が怒号した。総領事をつとめた紳士の仮面がずり落ちかけている。

「ここは新潟県だ。群馬県警の出る幕なんぞない」

「県境まで、五、六キロのもんでしょ」

「境は境だ。侵させはせん」

戦国大名みたいな台詞《せりふ》だが、官僚社会なんてそんなものだろう。加えて、「出る幕」という言葉はともかく、群馬県警が無理に出動してきても、やれることは何もないだろうし、被害が増える一方だろう。

文豪には失礼だが、カフカの世界を歩いているような気になってきた。あっちでトラブル、こっちで騒動、終わりのない地獄の堂々めぐりだ。

時間が経過するのは時計のなかだけで、夜は永遠に明けないような気がする。一ヵ所にいるのはいやだから、歩いているが、どこへいくあてもない。

「マリちゃんがいてくれたらなあ」

またまた私は、たのもしい同僚の不在を思い知らされた。阿部巡査が仏教徒ならよかったのに、と思ったが、これはそれこそバチあたりな考えだろう。

それにしても、苛酷《かこく》な夜だった。最初、二度も温泉に浸《つ》かった反動かもしれない。

その後は一睡もせず、雪人間のようなバケモノ相手に、なぐりあいをしたり、巨大な雪玉に追いまわされたり、いいことはひとつもない。

当然、上司を怨《うら》むべきだが、私の上司ときたら、部下以上になぐりあい、走りまわっているのだから、おそるべきものだ。単純に怨む気にもなれない。こうなったら、「地方創生」なんぞというエタイの知れない日本語をでっちあげて、山奥にトバク場をつくったやつらを怨むべきだな。

そんなことを私がウダウダと考えている間に、薬師寺涼子は、さらに武勲《ぶくん》をつみあげていた。

炭素繊維を織りこんだ世界一危険なスカーフが、雪人間どもをなぎ払う。逆上しておそいかかる地球人の男は、長い脚の一閃《いっせん》で、雪上にひっくりかえす。キーッとわめきたてるサルには雪玉を投げつけて吹っとばす。

日本におけるサルの害は、年々増加している。とくに、女性、老人、子どもをねらうのが、サルのいやらしいところだ。

ふたりの美少女メイド、マリアンヌとリュシエンヌも奮戦をつづけていた。気絶した警官から拝借した警棒をふるって、雪人間の脳天に打ちおろす。

まったく、女性のほうが、よっぽど勇敢《ゆうかん》だ。

岸本は、と見れば、いまになってタヌキンをなくしたことに気づいて、おろおろしている。

これではいかん。私も気力をふるいおこすことにした。雪玉やライオンやクマならともかく、雪人間、サル、地球人あたりなら、私の手にもおえるだろう。

倒れている警官の手から警棒をもぎとる。振り向きざま、とびかかってきた雪人間の咽喉《のど》のあたりに、警棒をたたきこんだ。

雪人間の頭部がちぎれて飛び、胴体は雪の上にくずおれる。

残酷なことをしているなあ、という自覚がマヒしつつある。まずいぞ、もっと冷静になれ。

ふと気づくと、室町由紀子が胸をおさえてうずくまっている。

「どうしたんですか」

「ごめんなさい、何だかひどく気分が悪くなって、吐き気がするの」

「医者に来てもらいましょうか」

「無理よ。だいじょうぶ、心配しないで」

そういいながらも、由紀子の顔からは血の気が退《ひ》いている。

「何してんのよ、だらしない」

言いながらもどってきた涼子が、美しい眉をしかめて、片手で胸をおさえた。

「超低周波が発生してる」

「超低周波？」

「人間の耳には聞こえない、低い周波数の音波や電磁波のことね」

「さすが風紀委員長、知識はあるわね。でも体験したことは？」

「ないわ」

「じゃ最初の体験になるわね」

涼子が深呼吸した。

「もうすぐ来るわよ」

不吉な予言だが、すぐ現実化した。

「な、何だか頭痛がします」

「岸本は頭痛か。泉田クンは？」

そういわれれば、五分ほど前から妙な悪寒《おかん》がしていた。と思うと、手がすこしずつ震え出す。とめようとしても、とまらない。これが超低周波の影響か。

「他にどんな影響があるんです？」

すぐに答が返ってきた。

「負《マイナス》の感情がおそってくる。理由もない恐怖、不安、敵対感情、緊張、絶望感、そして心臓がドキドキしてくる」

涼子は視線を動かした。

「岸本、耳をおさえたってムダよ。もともと聞こえないんだから」

「パニックをおさえるにはどうすればいいの、お涼？」

由紀子の声も震えている。

「耐えるしかないわね。何時間もつづくわけじゃないから。どこかの部屋にもぐりこんで、ドアをかたく閉めて、身体を丸くして動かない。動いたら最後と思いなさい。正常な判断力をうしなって、銃口の前に飛び出すことになるからね」

戦慄《ぞっと》した。

六人がひとかたまりになり、せめて他人とつながっておこう、ということで、手をつなぎあった。涼子、私、由紀子、岸本、リュシエンヌ、マリアンヌという順に手をつなぎあって外向きの円陣をつくったわけである。

その間にも、えたいの知れない恐怖がどんどん高まり、心臓の鼓動が激しくなりはじめた。身体が慄《ふる》えはじめる。手袋を通して、涼子や由紀子もおなじ状態にあることがわかる。歯をくいしばって、悲鳴をあげる衝動に耐えた。

Ⅳ

ドアが外から激しくたたかれている。

かなり長いこと、そのことに気がつかなかった。そうだ、六人でパーティー会場の控え室に逃げこんで、超低周波の陰湿な攻撃に耐えていた。どうやら超低周波が弱まってきたらしく、すこしずつ気力がもどってくる。

「ジャーン！　こんなところにいたとはね」

何とか立ちあがってドアを開けると、そこにいたのは成田だった。彼も超低周波の攻撃をしのいだらしいが、さすがに顔色はよくない。

「さびしかったよお、遊び相手がいなくなってさ。そろそろまたつきあってよお」

成田ひとりにかまっている場合ではない。だが、私は、世の中をなめきっているらしいこの若者を、見逃す気になれなかった。

私は、自分を叱咤《しった》しながら手足を動かした。

成田が自由に動きまわっているのは、警察からまた逃げ出した、ということだ。いいかげんにしてくれ、と、新潟県警にいいたくなってくる。

「へへっ、ここまでおいで」

「創造性のないやつだな。挑発するつもりなら、もっと気のきいたことをいってみろよ」

「とかいいながら、眉が吊りあがってますよ、刑事さん」

成田は背を向けて逃げ出した。まだ超低周波の影響が残っているのか、いささか足どりがあやしい。私もたぶん同様だろう。

雪と泥の上を二、三分追いかけっこしたところで、成田の襟首をつかまえた。

「あれれ、つかまっちまった。まあいいや、話があるんだ」

「聴きたくないね」

成田は、にやにや笑って、私の言葉を無視した。

「知ってるかい？　カジノの金庫には、五十億円の現金《キャッシュ》がはいってる。勝ったやつへの支払いと、負けたやつへの貸付のためさ。ま、貸付のほうがずっと多くなるだろうけどね」

「それがどうした」

「まあ聴きなって。それに、これは極秘だけど、百グラムの黄金《きん》のインゴットも保管されてる」

私が沈黙していると、成田はなれなれしくつづけた。

「黄金の価格には変動があるけど、現在は一グラム五千円ぐらいじゃないかな。すると、インゴットひとつで五十万円か。それが二千本。いくらになるかな」

「十億円だ」

「刑事さん、暗算が早いねえ！　職業柄――ってわけでもないか」

「極秘事項とやらを、よく知ってるな」

成田はゆがんだ笑みを浮かべた。

「おれは大臣のお坊ちゃまだぜ。ちゃーんと認知されてる。おれがその気になりゃ、親父を破滅させられるんだ。でも、おれはそんなことはしない」

「美談だな」

「きゃはは、刑事さん、それが気のきいたセリフってやつかい。まあ、いいや、おれがいま何を考えてるかわかる？」

「最初から、現金とインゴットを持ち逃げするつもりだったんだろう」

「うんうん、そうだよ、でもちょっとアテがはずれたんで、他人にてつだってもらってさ、分け前をあげようと思ってるんだ」

「気前がいいな」

「現金とインゴット、あわせて六十億円。二割で十二億円あげるけど、どう？」

十二億円。私が一生まじめにはたらいても入手できない金額ではある。

「いらないよ、それっぽっち」

私は吐きすてた。

「カネを算《かぞ》えたかったら刑務所でやりな」

「ああ、冗談もうまいんだねえ。いいかい、刑事さん、この国家戦略特区だかＩＲだかを山奥につくるのに、当初の予算は九百五十億円だったのに、できあがってみると二千五百六十億円だった！　さて、差額はどこへ消えたんだろうね」

私は返答しなかった。したら最後、成田のペースに巻きこまれるに決まっているからだ。無言で成田の襟首をつかんだまま引きずっていき、新潟県警の警官たちに引き渡すことに決めた。

「もう逃がさんでくれよ」

期待はしないが、そういっておくことにしよう。

「そんな話に乗っちゃダメよ、泉田クン」

私の報告を聴くと、上司は、大奮闘でうすく上気した頬で、そう応じた。

私は不機嫌をおさえて、

「もちろん、乗りませんよ」

「そうよ、二割だなんて、安い話に乗っちゃダメ。全額とりあげなさい。それでも六十億なんて、ハシタ金だけどね」

涼子にとっては、たしかにそうだろう。私にとっては、無縁な金額だ。

「いりません、使途《つかいみち》がありませんから。ほら、立て。きびしく見張っててもらわなきゃ。お前さんのお遊びの相手はもうたくさんだ」

「いてて、ひっぱるなよ。おれが何をしたっていうんだ」

「算えきれないよ。だいたい、警官に拳銃を突きつけただけで充分だ。しかも逃げ出しただろう」

「これはもう、人間の本能だね」

「ぬかすな！」

超低周波の悪影響がうすれて、ようやく私の元気も回復してきた。

涼子が成田をにらみつけた。

「どうせ欲をかくなら、もうちょっとスケールの大きい夢を見なさい」

「大きい夢？　どんな？」

「うーん、たとえば、この周辺の雪がみんな砂金だったら、とか……」

「そりゃ夢じゃないですよ、妄想ですよ」

いったのは私ではなく、成田である。この男は超低周波の影響を受けなかったのだろうか、へらへらとにやにやの薄笑い二種類を、自在に使いわけてるようだ。

「夢はかなえるもの、というでしょ。逆にいうと、かなえられる範囲のものが夢なんだよ、ね、美人、いや、超美人の警部さん」

「どうでもいいけど、警視よ」

「そりゃますます、すごいや。天は二物も三物もあたえるもんだね。おれなんか、一物だってあやしいや」

また、へらへらと笑う。

「それにしても美人ぞろいだねえ」

舌なめずりする。

しだいに私は、この成田という男が薄気味悪くなってきた。私のように平凡な地球人とちがって、脳の構造が異なっているのかもしれない。不本意な話だが、成田のほうがじつは正常で、私のほうが単なる多数派に属しているだけなのかもしれない。できるだけ遠くへいってしまってほしいものだ。だが現実としては、この男の襟首から自分の手を放すわけにはいかなかった。

「新潟県警に引き渡してきます」

「わたしもいくわ」

「お由紀、よけいなことしなくて……」

涼子の語尾を、爆発音がかき消した。

「今度は何の音？」

もはや、うんざりしたように涼子が、だれにともなく問う。

「金庫室が爆破されたんだよ、けけけ」

「きさまがやったのか!?」

「うん、準備がなかなかたいへんだったけどねえ」

「あああ……」

悲鳴とも驚愕ともつかぬ声が、あちらこちらからわきおこった。

五十億円の現金といえば、一万円札で五十万枚だ。百枚の束で五千個。それが激しい寒風に巻きあげられ、束ねていた帯封がちぎれると、風に乗って五十万枚の一万円札が乱舞した。

こんな豪勢な光景は、はじめて見る。江戸時代の豪商が小判をばらまいたとか、大正時代の成金が札に火をつけて灯火《あかり》にしたとか、話には聞くが、五十万枚ということはないだろう。

「ひろわないでください！　ひろっちゃいかん！」

新潟県警本部長の叫び声が、メガフォンから流れ出すが、その声もまた風に乗ってちらばっていく。

「それは国家の資金です。ひろったら拾得物横領になります！」

それに対して、

「何いってんだ、国家のカネは国民のもんだろ」

「私たちの払った血税だ。風にまかせて飛ばしてしまうつもりか」

「ひろえ、ひろえ」

人々は先をあらそって、乱舞する一万円札に手をのばした。地面近くに舞いおちそうなのに飛びつく。ひったくる。かきあつめる。一枚の札を引っぱりあう。片方の手に札をわしづかみにしながら、もう片方の手でなぐりあう。

「欲」というテーマを絵にしたようだ。

「欲ばかりじゃないわ。おカネをひろうことで、恐怖をまぎらわせようとしてるのよ」

由紀子がつぶやいた。なるほど。事件の連続に、超低周波の影響だ。まともな感覚をうしなうのも当然だろう。そもそも雪人間たちの攻撃もつづいているのに。

紙幣が舞いとぶのに対して、インゴットのほうは雪上を小動物のようにころげまわる。人々は夢中でそれをひろおうとする。

「きゃはは、あさましい光景だねえ。二度と見られないと思うから、よくごらんよ」

あさましい光景にはちがいないが、責める気にはなれなかった。この人たちは昨夜来、何時間も、寒冷と空腹、不眠と恐怖に耐えておとなしくしていたのだ。いっぺんにストレスを爆発させてしまったが、本来なら補償金をもらってよいはずである。それを自力で手に入れようとしているだけではないか。

「きゃはは、ほんとに観物《みもの》だねえ。けっこうな年齢《とし》や身分の連中が、はいつくばってさ」

「笑っていいのか。六十億円まるまる損したんだぞ」

「笑うさ。笑うしかないもんねえ。予定とはちょっとちがったけどさ……ッと」

成田のおしゃべりが揺れた。大地が雪や泥をかぶったまま、大きく揺れたからだ。

V

余震だった。大きい。本震におとらないほどの。

本震の揺れに耐えていたガラスウォールに大きなヒビがはいり、破裂音をたてて四散する。ガラスの雨が水平に走って、人々をおそう。立てなおしたテーブルや椅子がふたたび倒れ、せっかくかたづけた皿やグラスが床へなだれ落ちる。

「キャー！」「助けてくれ！」「助けて！」

悲鳴のなか、かろうじて天井にぶらさがっていたシャンデリアが、鎖をはじき飛ばすような形で落下した。不運な人がふたり下敷きになり、あらたな悲鳴があがる。

壁にかけられていた巨大な日本画――畳《たたみ》六畳《じょう》分はあった――は、とうに床に落ちて、富士山も桜も靴に踏みにじられ、スープやビールでずぶぬれである。明だか清だか知らないが、幼児が中にかくれることができそうな、大きな中国の壺も、単なる陶器の破片の山と化している。

そろそろ午前五時。朝まで二時間ほど。闇はいよいよ深く、主の降臨する気配もない。

事態が収拾する気配も、また。

なにしろ「敵」は無尽蔵なのだ。

右往左往する群衆のうち、何人が今日の太陽をおがめるか――空が晴れたとしてだが――知れない。

野生動物たちの大半は、「万物の霊長」たちよりよほど要領よく、生き地獄から逃げ出したが、クマが一頭、サルが一匹、射殺された。

雪人間はといえば、なぐられても蹴られても、ふたたび立ちあがってはおそいかかってくる。どのていど彼らに損害をあたえたのか、まったくあたえていないのか、さっぱりわからない。それが地球人たちの疲労を何倍にもした。

「あー、おれ、もうイヤ」

大声をあげてへたりこむ者が続出する。皮肉なことだが、闘っている間は身体が熱くなっているのに、闘いをやめてへたりこむと寒気に抵抗できず、うつらうつら眠りこむ者が出てきた。

「眠るな！　眠ると死ぬぞ！」

まるで冬山登山のようになってきた。要人を守る警官たちもバラバラになっていく。

「みんなでおれを守れ！」

毛手木副長官は、調子はずれの声で叫んだ。

「おれは、つぎのつぎの首相なんだぞ。おれに万一のことがあったら、明日のニッポンはいったいどうなると思うんだ。ニッポンの未来のために、おれを守れ！」

たいした自己評価だ。警官たちは必死で雪人間たちと闘っているのに、自分ひとりを守らせようとするとは。本人にしてみれば、これもまた必死にはちがいないが。

孤立状態にある毛手木めがけて、数体の雪人間がおそいかかる。毛手木は悲鳴をあげ、やたらと両手を振りまわした。雪人間の一体がそれにあたって倒れる。だが、残りの雪人間どもは、おかまいなしに副長官を引き倒し、押しつぶそうとした。不本意ながら、私は突進して雪人間どもをはねとばし、副長官を引きずり出した。

「副長官、ご無事ですか」

「ああ、おお、だ、大丈夫だ。君はいったい何者だ」

「警視庁の者です」

「なに、そうかそうか、やはり警視庁はどいなかのダメ警察とはちがうな」

「……おケガはありませんか。なければ、どうぞお立ちください」

私は副長官の手首をつかみ、背中をささえて立たせた。毛手木は大きく息を吐いて、スーツの襟元をととのえた。

「うん、君は見どころがあるな。どうだ、おれの秘書にならんか」

「ありがたいお言葉ですが、私は警官以外に能がありませんので……では、お気をつけて……」

「え、おれを置いていくのか!? いっしょにいてくれよ、いや、いっしょにいろ。これは内閣官房副長官の命令だ」

私は頭《かぶり》を振った。

「私は上司の命令しか受けません。では」

一礼して、私は早足でその場を去った。うかうかしていると、副長官に脚にとりすがられかねない。

もとの場所にもどると、上司がさっそく声を飛ばしてきた。

「泉田クン、何してたの?」

「すみません、ちょっと、内閣官房副長官をお助けしていました」

「あー? 何てよけいなことを。あんなやつ、雪玉の前へ放り出して、ぺしゃんこにしとけば、ごまかせるんだから。そうしといたほうが、日本の未来のためよ」

日本の未来にも、人それぞれのビジョンがあるようだ。

私自身にも、すぐ、めんどうな未来がやってきた。涼子についてくるよういわれて歩き出す。午前六時近くになっていた。もうすぐ、といっても一時間近くかかるだろうが、とにかく夜が明ける。

夜が明けてすぐ事態が好転する、というものでもないが、このおぞましい暗闇よりはましだ。

リュシエンヌとマリアンヌも、当然のごとくついてくる。

「やたらと歩きまわると危険ですよ」

「だから、ついてきてもらったのよ。安全ならひとりでいくわ」

ごもっともです。

それにしても、涼子の足どりは薄闇のなかでも颯爽《さっそう》としているが、目的地はどこなのか、さっぱり見当がつかない。とすれば尋ねるしかないので、ブランド物のスキーウェアにつつまれた背中に声をかけた。

「で、どちらへいらっしゃるんです？」

「うーん、どっちにしようかな」

「そんな……」

いいかけたとき、

「待て、こら、どこへいく!?」

憤怒と疲労をないまぜにした声がして、十人ばかりの人影が追いかけてきた。涼子が足をとめて待つ理由は、親切心からではない。獲物が飛びこんで来るのを待機しているのだ。マリアンヌとリュシエンヌは、さりげなく身がまえる。室町由紀子は当惑し、岸本明はコソコソと私の背中に隠れた。

「待て、待てというのに」

「だから待ってあげてるでしょ。何のご用？」

しれっとして涼子が問う。私は内心でいささか緊張した。男たちのなかの三人はＶＩＰだったからだ。内閣官房副長官、新潟県知事、新潟県警本部長。あとは制服警官たちだった。

「ドラよけお涼！」

息を荒くして室町由紀子を指さしたのは本部長だ。涼子は「ハッ」と笑い、由紀子はめんくらって、

「ドラよけお涼はこちらですけど」

と、本人を手でさした。

「そ、そうか、聞くところによると、人呼んでドラよけお涼と呼ばれる君は、警視庁でさんざん不祥事をしでかし……」

「うしろ」

「何だと」

「うしろをごらんなさいよ」

涼子の声で、一同その方向を見ると、奇怪《きっかい》な現象が生じていた。雪人間たちが攻撃をやめていたのだ。

雪人間たちは続々とあつまり、つぎつぎとひとかたまりになっていった。上へ上へとのびていく。その高さは三メートルになり、五メートルをこえ、十メートルに達してまだとまらない。

この場にいる地球人の、おそらく全員が、それを見あげた。

一万円札をかき集めるのに夢中だった女。インゴットをめぐって格闘していた男どうし。服についた火を消そうと雪上をころげまわっていた男。むなしく雪のなかを前進しようと車のハンドルにしがみついていた男……。

皆が声もなく茫然《ぼうぜん》とそれを見あげた。

身長百メートルにとどこうとする雪の巨人を。

だれかがようやくあえぐのを、私は耳にした。

「ダイダラボッチ……」

第八章　夜明けまで遠すぎる

I

ダイダラボッチは辞書などでは「大太法師《だいだぼうし》」と記されている。ダイダラボウシ、ダイダラボッチャ、大人弥五郎《おおひとやごろう》などの異称がある。いわゆる「巨人伝説」の主人公だ。ずいぶん昔——奈良時代の初期——『常陸国風土記《ひたちのくにふどき》』のころから記録にあらわれ、日本各地に説話が残っているが、西日本より東日本に多いそうだ。榛名《はるな》山に腰をかけて利根《とね》川で足を洗った、という伝承があるが、それはこの水沢から近くのことではないか。

右に記したのは私の知識ではなく、後日、丸岡警部から聴いた話である。東京都世《せ》田谷《たがや》区に代田《だいた》という地名があるが、これはダイダラボッチの足跡を思わせる窪地があったことから来たんだそうな。

もちろん、あくまで伝説上の人物で、実在したはずはない。だが、私たちの目の前には、巨人が実在していた。雪人間どもがあつまり、ひとかたまりになってできあがった巨人だ。いや、まだなお成長しつつある。もはや雪人間どもは地球人には目もくれず、ひたすら巨人の身体にとりつき、吸いこまれ、その一部となっていく。

「ダイダラボッチって、雪でできてたの？」

涼子が問いかけ、私は頭《かぶり》を振った。

「そんな話、聞いたことがありませんよ。いや、ダイダラボッチそのものが実在したわけじゃなし……くわしくは知りませんがね」

「名前がダイダラボッチであるかどうかは別として、あいつは実在してるわ」

涼子が雪の巨人を指さした。

「このまま朝になって山を下りていったらどうなるかしら」

由紀子が両手をにぎりしめると、岸本がせきこむように応じた。

「こ、こうなったら自衛隊にまかせるしかありませんよ。ボクらの出番はありません。に、逃げましょう」

「どこへ逃げるっていうのさ」

涼子はみじかく岸本の提案を一蹴した。

「あいつの追ってこないところへですよ」

「具体的に、どこさ」

「暑いところです！」

岸本は断言した。

「あいつが追って来たら、溶けてしまうだけです」

涼子は、わざとらしく溜息をついた。

「いい知恵だ、といってやりたいけど、五ヵ月ばかり遅かったわね」

「ダメですかあ……」

「そうはいってない。あたしも考えたからね」

「そうでしょ、そうでしょ」

岸本は嬉々とした。

乱暴な靴音がして、中年の男性が近づいてきた。

「おい、君、何てったっけな」

内閣官房副長官が指さした相手は涼子だ。

「警視庁の薬師寺ですけど」

「君も、ドラよけお涼といわれるほどの人物なら、何とかしたまえ」

涼子は不機嫌そうに応じた。

「あたしはドラよけかもしれないけど、ダイよけじゃないの」

「ダイよけ？」

「ダイダラボッチもよけて通る」

副長官は目をむいた。

「ダイダラボッチ!?　あの民話や伝説のか。実在したのか」

涼子は、うんざりした気色《けしき》を隠そうともしなかった。

「そういうわけじゃなくて、あの雪の巨人をとりあえず、そう呼んでるだけ。呼び名がないと、こまるしね。それにしても、ダイダラボッチは長いわね。ダイちゃんとでもしておきましょ」

「ダイちゃん……」

副長官は顔を真っ赤にしてうめいた。

「き、君、もうすこしまじめに考えたらどうかね。人死《ひとじに》も出てるんだぞ」

「うるさい、まじめになんかやってられるか！」

涼子は一喝《いっかつ》した。

「この聖なる一夜に、トバク場は炎上するわ、雪でできたクマや人間モドキがわらわら出てくるわ、ライオンは逃げ出すわ、五十億円が舞い飛ぶわ、あげくに雪の巨人――だれがまじめに話を聴くと思うのよ」

「そ、それは……」

「あんたは、つぎのつぎの首相なんですってね。国際会議に出席して、ありのままを話してごらんなさいよ。さぞ大受けするでしょうね」

「そ、そんなことをしたら、正気かといわれる。ああッ、どうしたらいいんだ」

涼子は腕を組んで副長官を見すえ、邪悪な笑みを浮かべた。

「あら、簡単じゃないの」

「教えてくれ、どうすればいい？」

「何もかも全部ぶちこわして、地震と雪崩のせいにすればいいのよ。トバク場計画は、まああきらめるのね」

「簡単にいうが、目撃者が一万五千人もいるんだぞ」

「それはすべて、超低周波の発生による幻覚、錯覚、意識障害。自分でいったでしょ、そんなことをしゃべったら正気を疑われるって」

副長官の眼球が、目の中で上下左右に動きまわる。必死の打算をはたらかせているのだが、ようやく口に出した。

「し、しかし、ダイちゃんの死体が証拠にされたら」

ダイちゃんだって？　副長官は、すっかり涼子のペースにはまっている。

「ご心配いりませんことよ。ダイちゃんの死骸《しがい》は永遠に消してしまいますから」

「しかし……」

「あら、あたしが信用できないとおっしゃる？　それならけっこう、あたしは手を引くから、どうぞご自分でおやりあそばせ。高処《たかみ》で見物させていただくわ」

副長官はうろたえた。

「何とかしてくれ、このとおりだ」

両ひざを雪の上について、深々と土下座《どげざ》をしたから、おどろいた。内心はともかく、涼子は平然として、

「土下座なんか、しないでちょうだい。人間のソンゲンにかかわるわ。ほら、起《た》って」

「な、何とかしてくれるのか」

「おまかせなさい」

「おお、ありがたや」

涼子の手をつかもうとしたが、涼子はさりげなくその手を遠ざけた。

「そのかわり、今後あたしのいうことは何でも諾《き》くのよ、よくって？」

「わ、わかった。わかったから、たのむ」

リュシエンヌとマリアンヌが、さりげなくスマホをいじっている。もちろん、三人のＶＩＰの姿を撮影し、声を録音しているのだ。これでまた涼子の闇の力は増大した。三人が涼子にさからうようなマネをしたら、たちまち報いがおとずれ、破滅させられるだろう。そうなっても全然かまわないが。

ここで私は、あることに気づいた。涼子に生殺与奪《せいさつよだつ》の全権をにぎられた三人の他に、誰か地位の高い人間がいやしなかったか。

思い出した。

小牛田勝《おぎゅうだまさる》。総務副大臣だ。記憶をたどってみると、ヘリで遁走《とんそう》した首相に同行していなかった。となると、このＩＲというカフカ的煉獄《れんごく》のどこかにいるはずだが、気づかないうちにバケモノの犠牲になってしまったのだろうか。

息子の成田がさんざん人さわがせをやってる間、どこでどうしているのだろう。

「泉田クン、何ボヤッとしてるの？」

「は、いろいろと考えてまして……」

「こんな修羅場《しゅらば》じゃ、考えるより先に行動することよ」

修羅場でなくても行動が先に立つ女王サマは、えらそうに私をさとした。

「救援が来るまでに、せめてあのダイちゃんだけは何とかしておきたいわね」

「がんばりますね」

「特にがんばりゃしないけど、こうなったら、あの三人に出世してもらわなきゃならないからね」

「しかし……」

「何よ？」

「いえね、クリスマスとダイダラボッチなんて組みあわせ、似あわないなあ、と思って」

それをいうなら温泉もだが。

「日本のクリスマスなんて、ダイちゃんやカッパがお似あいよ。いやなら、ドイツのエルツ地方にでもいくのね」

エルツ地方はチェコとの国境地帯に位置し、森は豊かで銀山なんかもある。だが、それらのものより、クリスマスで有名なんだそうである。適当な雪、大きなクリスマスツリー、賛美歌、お祭りにお菓子に玩具《おもちゃ》。それはもう楽しくてロマンチックで雰囲気充分だそうだ。

「何なら来年いってみようか」

「まず今年のクリスマスをかたづけてください」

「チェッ、つまらない男ね」

涼子は、かるく私をにらんでから、あらためて命じた。

「とにかく、君がいないと話にならないから、いっしょにおいで。マリアンヌ、リュシエンヌ、いくわよ」

II

午前六時半近くになっても、明けそうで夜は明けない。考えてみれば冬至《とうじ》をすぎたばかりで、一年のうち、もっとも夜が長い時季だ。私の半生でも、いちばん長い夜になりそうだった。

右も左も、悲鳴や怒声で満ちた中を、私たちは歩いていった。

「ダイちゃん」と呼ぶと、迫力も緊張感もあったものではない。だが、だからこそ涼子があえて「ゆるキャラよばわり」していることを、私は確信していた。涼子は言葉の使いかたを知っている。

　ふと気づくと、岸本が悄然《しょんぼり》と下を向いていた。つい声をかけてしまう。

「おい、どうした、元気がないじゃないか」

「ああ、ボク、なさけないことをしてしまいまして……」

「何だい」

「タヌキンをどこかに忘れてしまったんですよお。ああっ、愛好家の風上にもおけない」

　私は、なぐさめてやることにした。

「歎《なげ》くな、なげくな。きっとあのタヌキンは、危急の際に、お前さんの身代わりになってくれたんだ。感謝してやれよ。タヌキンだって本望さ」

「そ、そうでしょうか」

　岸本の顔に、うれしそうな表情があらわれた。単純というか無邪気というか。

　私は先ほどから、あることを考えていたので、それ以上、岸本にかまわなかった。

　北アメリカ大陸には「素数ゼミ」と称されるセミがいる。素数とは、一とその数自身でしか割りきれない数のことだが、十七年間を地中で生きた後、地上に出てきて、鳴き声のシャワーを降らせる。

セミは全世界で約二千種いるが、日本には三十二種しかいないそうだ。こうしてみると、地球は昆虫の惑星であることがわかる。以上は、涼子が教えてくれた話。

「ダイちゃん」も、そういう生物なのだろうか。何百年か何千年かを地中ですごし、地震とともにめざめる。あるいは、めざめて地震をおこす。

私ひとりの知識や思考力では、それ以上、考えがすすまないので、ここは上司に教えを請うことにした。

「いい線いってるわね」

というのが、上司の反応である。

涼子は、それにつづけて、

「人間は、六十パーセントから七十パーセントが水でできているのよ。ダイちゃんは百パーセントが水でできていて、しかも凍ってる。たったそれだけのちがいよ」

そういえば、人間とチンパンジーとでは、ＤＮＡの差がほんの二、三パーセントだと聞いたことがある。しかし、そのたった二、三パーセントの差で、似て非なるものになってしまうのだ。いまさらだが、生命や生物とはふしぎなものである。

涼子が張りのある声で宿敵《ライバル》を呼んだ。

「どう、お由紀、被害の状況は？」

由紀子が白い息を吐きながら近づいてきた。

「自分の目でも見たでしょう？」

「あんたの意見を聴きたいのよ」

「そうね、このＩＲは、起きないうちに再起不能ね」

「お、いうじゃない。友だちになってあげてもいいわよ」

「そんなことより、あの雪の巨人だけど、あの大きさで、生物が自分の体重をささえきれるわけないわ。地球の引力で、しかも二本脚でよ」

「理屈はどうだっていいのよ。どうせバケモノなんだからさ」

涼子はそっけない。由紀子は怒らなかった。

「なるほど、お涼も考えてるわけね。あのダイ……ダイちゃんが、自然の生物ではないって」

「あんたと考えをおなじくするのは不愉快だけどね、そうよ、あれは単なる容器《いれもの》よ」

「何がいれてあるのかしら」

「さあ、何にしろ先入観は禁物だわね」

涼子はそれ以上いわず、私に指示した。

「泉田クン、スノーモービルがそのあたりにころがっているはずだから、捜して持ってきて」

「わかりました」

何をすればいいか、わからない凡人としては、他人の指示や命令を受けたほうが気楽だ——ということを実感する。混乱のなかを捜しまわったが、思ったより早く、五分かからずに一台を見つけることができた。倒れているのを引き起こし、押してもどろうとすると呼びとめられた。官房副長官の毛手木だ。

「き、君の上司は何をやる気かね?」

私は眉をしかめてみせた。

「何とかしろ、と、おっしゃったでしょう?　何とかしているところですよ」

「何とかって、大丈夫なのかね」

「ご心配ならご自分でどうぞ」

毛手木は明らかに機嫌をそこねたが、何もいわなかった。へたなことをいえば、私が上司に注進におよぶ、と思ったのかもしれない。

いまいましげな毛手木を放っておいて、私は涼子のところへもどった。

「いま帰りました」

「ご苦労さま」

「で、何をするんです？」

「ちょっとしたサーカスよ。つきあってちょうだい」

涼子は、傍に立っていた警官のひとりを呼び、笑顔をつくって、新潟県警本部長への伝言を託した。

「なるべく熱のある方向へ追いやって！」

「はっ」

警官は駆け出していった。涼子の笑顔に反抗できる者はいない。

「泉田クン、後部座席《うしろ》に乗って」

「はい」

「しっかり、あたしにつかまるのよ。ちょっとばかし危険だからね」

前言撤回。涼子は言葉の使いかたを知らない。「ちょっとばかし」とは「ものすごく」の意味である。

「いくわよ！」

涼子はスノーモービルを発進させた。

「え、え？」

白い雪の巨人は、腹ばいになって、ひとりずつ人間をつかまえようとしている。涼子はそれに向かって、まっしぐらに突進していくのだ。スノーモービルは時速七、八十キロで、巨人の胴体に突き刺さった。

つぎの瞬間、私たちは空中に飛び出していた。

スノーモービルは、雪の巨人の左腹から右腹へ突きぬけていたのである。

「ひゅう」

口笛ひとつ、涼子は髪についた雪を、頭を振って落とした。空中に浮いたスノーモービルは、雪煙をあげて五メートルほど落下した。やわらかな衝撃がスノーモービルを受けとめる。

「何をするんです……ゴホッ」

私は口にはいった雪を吐き出した。

「やっぱり体内はぜんぶ雪だったわね」

「それをたしかめるために、わざわざ!?」

「身体じゅう穴だらけにしてやるのよ」

胴体をうがたれた雪の巨人は、ふらつきながら立ちあがった。

新潟県警の装甲トラックが一両、勇敢にも、雪の巨人の脚めがけて突進した。成功していれば、雪の巨人は起てなくなっていたろう。

「ダイちゃん」のひと踏みで、装甲トラックは耳ざわりな音とともにつぶされた。ばかでかいだけだが、質量そのものが武器となる場合があるものだ。

装甲トラックから寸前にころげ出た警官たちは、恐怖に顔をひきつらせながら全力疾走で逃げた。雪に足をとられて、三、四人が転倒する。その上に、雪の巨人の巨大な足が振りおろされ——あとは記すに堪えない。

建物の炎上もつづいていた。一万五千人収容のアリーナ、二千人収容のパーティー会場を半ば炎がつつみこみ、周辺のホテルやリゾートマンション群におよぼうとしている。翠月荘はすこし離れているからまだ無事だろう。

「暗闇か火事の炎の二者択一だな」

くだらないことを、私は考えた。正月にホテルを予約していた人々は、さぞ落胆するだろう。それとも、惨事をまぬかれたと思って喜ぶだろうか。

涼子はしばらく口をきかなかった。口をきいたのは、新潟県警の警官に、成田をつれてくるよう命じたときだ。成田は二名の警官に左右をはさまれて連行されてきた。

「ちょっとあんたに尋《き》きたいことがあるのよ」

Ⅲ

成田の、羽毛より軽い笑い声がひびいた。

「きゃはは、おれが天才だから？」

「自分は天才だ、と信じてる日本人は、一億人はいるわよ」

「おれ、本物。何しろＩＱ百八十だからね。天才クラブにはいる資格を持ってる
——」

涼子は成田の頰に一発くらわせた。掌《パー》でなく拳《グー》で。成田は立っていられず、もんどりうって雪の上にころがった。頰をおさえてわめく。

「な、何するんだよ」

「身をもって体験したことがわからないの、ＩＱ百八十。さっさと立って質問に答えなさい。何たくらんでるの？」

成田は頰をおさえ、虚勢を張って立ちあがった。

「う－ん、売名行為かな」

「売名行為？」

「そっ、たったひとりで国家戦略特区をぶっつぶした大悪党としてさ、きゃはは、人類史上に名が残ると思わない？」

「そのていどじゃ、『知る人ぞ知る』のレベルね」

冷然といって、涼子は、私のほうを向き、身体をはたいた。

「あーあ、雪だらけ、ひどい恰好ね」

「おかげさまで」

「君、このＩＱ百八十と称するバカに、何か尋きたいことない？」

「え？」

「尋問させてあげる」

「いいんですか」

私の目は光ったと思う。涼子がうなずいたので、私は久々に刑事の気分をあじわうことにした。

「お前さん、素数ゼミを知ってるな」

そう、素数ゼミ。十七年に一度、大量発生するという。もし、雪の巨人が、それと比較にならない周期で大量発生し、地球を雪と氷で埋めつくしたら……地球の高温化は心配なくなるだろう。

「十七年ばかりじゃないんだぜ」

「ばかりじゃないって？」

「十三年に一度、大量発生するやつらもいる。まあ、十三も十七も素数だけどさ」

こいつのいいたいことはわかる。

「お前さんも、イグノーベル賞ねらいか？」

「え、何のこと？」

「いや、何でもない」

成田のほうでも、私のいいたいことはわかったらしい。

「けっ、わざわざ呼びつけて理科の質問かよ。千年ゼミがいたとしたって、おれの知ったことじゃないよ」

「まあ、ふてくされるなよ。お前さんが天才だってことは認めるからさ」

私は刑事らしい笑いを浮かべてみせた。

「天才さんよ、もうひとつ尋《き》きたいんだが、教えてくれるかな」

「えー、そうだな、おれにつごうのいいことなら、何でも教えてあげますよ。おれ、天才の上に善人だからネ」

「この笑劇《ファルス》における、お前さんの役割は何だ？」

涼子が、由紀子までもが、身を乗り出している。

「凡人の勘でしかないがね、お前さんがこの事件をひとりで一から十までコントロールしているとは思えないんだ」

「だから？」

「いるだろう、共犯か親玉が。いったいだれだ？」

成田は右を向き、左を向いた。

「そんなものはいないよ。おれひとりでやろうとして――」

「失敗したわけか」

「もういいだろ、くだらない」

成田は私をひとにらみしてから、背を向けた。

「おい、天才」

呼びかけると同時に、私は、すばやく一歩すさる。成田が振り向きざまに拳をかためて、なぐりかかってきたからだ。想定の範囲内だったので、私は成田の一撃をかわすだけでなく、掌で彼の拳をつかむことができた。

「天才なら、凡人の意表をついてくれよ」

思いきりイヤミをいってやる。成田は顔をひきつらせた。

「お前さんの知りあいだ、と、おれはにらんでいるんだけどね」

「証拠があるのかよ！」

「ないね。心配するなよ、地震と雪崩をおこしたわけじゃなし、表には出ないさ」

「へーえ」

成田は薄笑いをうかべて、連行されていった。

私は涼子のほうを向いて頭をさげた。

「刑事ゴッコさせていただいて感謝します」

すると突然、岸本が口を出した。

「もうじき夜が明けます」

「知ってるけど、それで？」

「夜が明けて救援が来るまでは、じっと隠れている、という策《て》もありますよ」

涼子はかるく首をかしげた。

「岸本らしい考えね。でも、ダイちゃんのほうが、じっとしてないでしょうよ。夜明け前に山を下りちゃうかもしれない。でしょ？」

充分にありえることだ。そうなったら、いよいよハリウッドのB級怪獣映画の世界である。

「で、泉田クン、小牛田の件はどうなの」

「裁きようがないでしょうねえ」

「まあいい、機会はいくらでもあるわ」

騒音をとおして、銃声がひびいた。私たちがそちらへ足を向けてみると、警官たちが雪の巨人に向けて発砲している。

「銃撃は足首のあたりに集中させなさい！」

涼子の指示する声がひびく。

「立ってられないようにするのよ」

「効《き》きますかね」

「何もしないよりは、ましよ」

涼子は断言した。

「それに、新潟のおまわりさんたちも、自分たちもバケモノ退治に参加した、という記憶がほしいでしょうからね。警視庁ばかりが取りあげられたんじゃ不愉快でしょう」

「ああ、そりゃそうですね」

うなずいてから、私は思いあたった。新潟の警官たちが功をあげれば、中央の官界では県警本部長のおテガラになるわけだ。涼子としては、本部長に恩を売ることができる。

「よく考えるよなあ」

「何のこと?」

「いえ、結局、今回の事件は、不幸な大事故として処理されるんだろうなあ、と」

「いいじゃない、それで。トバク場は壊滅したし」

「ですかね」

突然。

悲鳴があがって、ひとりの警官が、太い雪の指につまみあげられるのが見えた。同僚たちが、うろたえて腰の拳銃に手をかける。

「うわあ、助けて……!」

恐怖に錯乱した警官は、手足をばたつかせながら絶叫した。地上では同僚たちが、拳銃をかまえつつ撃てない。やたらと撃てば、仲間にあたる。

地上二十メートルのあたりから、雪と霧がないまぜになって、気の毒な警官の姿は見えなくなった。茫然と立ちすくむ地上の警官たちに、何か赤い花のようなものが降りそそいでくる。それが人血だとわかったとき、恐怖が爆発した。

「うわあッ！」

警官たちは血の気をうしなって遁走《とんそう》にかかった。涼子は制止せず、私たちをうながして自分も後退した。そのときである。周辺の雪がむくむくと盛りあがって、人間の形になっていった。

炭素繊維の織りこまれたスカーフが一閃《いっせん》する。三、四体の雪人間が頭と胴体を切り離されてよろめいた。

よろめいただけだ。頭部をうしなっても倒れず、死にもせず、巨人の一部になろうとして近づいていく。個々が生命を持っていないことが明らかだった。

「あいつらをあやつってるのは何者ですかね」

私の問いに、涼子は茶色の頭を振ってみせた。

「そこが問題だよ、ヘイスティングスくん」

「エルキュール・ポワロですか」

「あやしそうなやつを一ダースばかりつかまえて、かたっぱしから拷問にかけたら、簡単なんだけどな」

「絶対にダメです！」

「はいはい」

「はいはい、一度でいい、といつもご自分でいってるでしょう」

私の苦言を無視して、

「ヤッホー、ダイちゃん」

快活そうに涼子は呼びかけた。

「身体がでかけりゃいいってもんじゃないのよ。わざわざ自分で的を大きくしてくれるとはね」

涼子は右手のスカーフをにぎりなおすと、ふたたびうち振った。美しい凶器は、雪の巨人の片足首をスパッと切断する。

「大きい相手は、まずバランスをくずす！」

白い巨人の片足首は、完全に切断されたわけではなかったが、彼の体勢をくずすには充分だった。ダイちゃんは足を踏み出そうとしてよろめき、大地に倒れこんで、濛々《もうもう》たる雪煙をあげた。

IV

「岸本、新潟県警にあたしからだといって、もういちど自称天才の成田をつれてきて」

「わたしがいくわ」

由紀子が手をあげた。階級社会の警察だ。警部補がいくより警視でしかも美人の由紀子がいくほうが、話が早いだろう。

由紀子が去ると、涼子は、またがったスノーモービルのハンドルに両肘をかけて、何か考えるようすだった。

「泉田クン」

「はい」

「成田はＩＱ百八十なんだって？」

「自分でそういってました」

「ＩＱの高さと賢明さは、どうやら関係ないわね」

「私もそう思います」

成田が連行されてきた。完全にふてくされて、人権問題や非効率な尋問についてまくしたてる。一般論はともかく、こいつの場合は自業自得だ。

「あんたは軽薄児をよそおっていて、まあ正体の半分はそうだろうけど、それ以外の点もある」

涼子は成田を観察した。

「あの一帯に、墓石みたいなリゾートマンションが建ちならんでいるけど、そのなかに、あんたの所有物もあるわよね」

「きゃはは、否定はしないけどね、調べりゃわかることだしさ。ああ、持ってるよ、正確には、泡沫経済《バブル》に踊らされた親父が、もてあまして、おれに押しつけたのさ」

「もらってやったってわけ？」

「親孝行だろ」

「そうね、たいしたことないけど、固定資産税を払ってまで、もらってやったんだもんねえ」

涼子に決めつけられて、成田は、居心地わるそうに身じろぎした。

「そこで退屈してる間に、あんたは発見したわけだ」

「おれが何を発見したって？」

「うんと傍迷惑《はためいわく》なものよ。素数ゼミの何十倍も何百倍も長く眠る、ふしぎな生命体ね。それも、分泌するのが雪や氷ときてる。生物学者なら狂喜するでしょ」

成田は、かるく身をのけぞらせた。

「けけっ、想像力が豊かだねえ、どこにそんな証拠がある？」

「あたしが確信したら、証拠なんて必要ないのよ」

平然と、涼子は言ってのけた。さすがの成田も、鼻白《はなじろ》んだようだ。だが、それも一瞬で、

「自信満々だねえ、足もとに大きな穴のあるやつにかぎってさ」

憎まれ口をたたいたが、涼子はびくともしない。

「あんたは穴に落ちた。あたしは落ちてない。穴の中でよく反省することね」

そのとき、空を機械音が引き裂いた。残りすくない星を隠すように、黒い影が近づいて来る。それにともなって、爆音も大きくなってきた。人々は目をこらして空を見あげ、正体をたしかめた。

「自衛隊のヘリだ！　今度こそ助かったぞ！」

「助かった！」

官房副長官と知事は抱きあった。ロシアっぽい強烈な抱擁《ほうよう》で、ありがたいことに、キスまでにはいたらなかった。

自衛隊としては、なるべく早く第二陣を出動させて、やる気を見せたかったのかもしれない。あるいは上層部《うえ》に強要されたという可能性もある。最初に出動してきたヘリは、白い巨大な手につかまれて墜落してしまった。そのことを自衛隊は知らないか

ら、確認するつもりかもしれない。

ヘリの乗員たちは、地上の惨状を見ておどろいただろう。しかし、長いことおどろいている暇はなかった。白い雪の巨人が、彼らの前に立ちはだかったからである。

ヘリの乗員たちは仰天《ぎょうてん》したにちがいない。前進か後退か、とっさに判断がつかなかっただろう。したがって、その動きが迷走したのも当然だった。

「逃げろ！」

ヘリに向かって、いくつもの声が飛んだが、ヘリの乗員でそれを聴いた者は、ひとりもいなかっただろう。

雪の巨人が、上空で巨腕を一回ふるった。ヘリはかろうじてその猛撃をかわし、腕のとどく範囲から逃れようとする。だが、戦術の変更はおそかった。ほんのすこしだけ。

巨大な掌がヘリの機体の一部をつかんだように見えた。回転するローターが、巨人の指を二本まとめて切断する。

私たちの目の前に、切断された指が落下してきた。ボクシングのサンドバッグほどの大きさだ。雪煙をあげて、雪上をころがる。

警官たちが、指の切断面をのぞきこむ。血管も骨も肉もない。単なる雪だ。そのことが、血まみれの姿より、見る者を慄《ぞっ》然とさせた。この「生物」は、たしかに雪だけでできているのだ。

それをたしかめて、涼子たちに報告したとき、いきなりめまいがして、足もとがぐらついた。

また超低周波か。

めまいのつぎに、吐き気がおそってきた。かろうじて、よろめきながら立ったが、つぎの瞬間、悪寒も吹っ飛んだ。

「あぶない！」

右腕で涼子を、左腕で由紀子をかかえこんで、後方へ跳ぶ。岸本もころがって逃げた。間一髪。

墜落したヘリは、雪煙を巻きおこし、衝撃音は耳をつらぬいた。つづいてオレンジ色の炎が機体をつつみ、黒煙を巻きあげる。

さらに爆発音がとどろき、破片が降りそそいできた。私たちは雪の上に伏せて頭をかかえた。目の前の雪に、二等辺三角形の破片が突き刺さったときは冷や汗をかいたが、さいわいそれだけですんだ。

爆発がおさまると、私は成田を引きずり起こした。涼子が質問する。

「あの雪のバケモノは、小さな虫みたいなのに、あやつられてるんじゃないの？」

「きゃはは、すごいじゃないの。周囲を寒冷化させる虫!? 地球高温化を阻止するのに、すばらしい秘密兵器になるじゃない。おれ、人類の救世主ね」

形のいい鼻の先で、涼子が笑った。

「あんな風と超低周波をおこすバケモノ、あんたなんかの手におえるわけないでしよ。あんたはダイちゃんの行動に便乗してるだけよ。ＩＱが百八十も必要ないわね」

成田は笑おうとして失敗し、どぎつい悪意をこめて涼子をにらんだ。おかまいなしに、涼子はつづける。

「といったけど、ダイちゃんが自分で思考してるわけじゃない。あたしは、人間がダイちゃんをあやつってる、と思ってたけど、どうもちがうわね。だれの利益にもならないもの」

「あんたの利益になってるんとちがうか」

成田が吐きすてた。

「あら、いいところ衝《つ》いてるわね。たしかにあたしは、このしょうもない騒動を解決することで利益を得るけど、あんなバケモノをあやつるなんて、趣味じゃないのよ。で、あたしは思ったんだけど、ダイちゃんをあやつっている未知の生物が問題なのよね」

「………」

「あんたは知能指数が百八十だか三十だか知らないけど、ねらっていたのは、その未知の生物でしょ」

「何のことかなあ」

「あんたにとって、つごうの悪いことよ」

「じゃ、答えなーい」

どこまでも軽薄に応じて、成田はいきなり跳《と》びあがった。もちろん逃走しようとしたのだ。逃げられると思ったのか、ＩＱ百八十の「天才」の思考は、凡人にはよくわからない。

わからないが、用心はしていた。私は身体ごと成田にぶつかった。成田はよろめき、身体をささえきれず、両足を天に向けてひっくりかえる。

「確保しろ！」

私の声に警官たちが反応した。三、四人が飛びかかって、いっせいにおさえつける。いや、その寸前、ブンと音がして、直径五メートルほどの雪玉が、彼の頭上に降ってきた。雪の巨人が投げつけたのだろう。それ以外に考えようがない。

「ひーッ……！」

それが天才児の最期の声だった。哲学的な台詞《せりふ》も、世間を嘲弄《ちようろう》する言葉もなく、凡人とおなじだった。

私は胸が悪くなった。超低周波のせいではない。成田はどうにも社会と相容《あいい》れなかったが、あんな死にかたをするほどの罪は犯していなかったと思う。

「これで雪の巨人と成田の関係は、わからずじまいになったわね」

由紀子が歎息《たんそく》した。涼子はひとこと答えた。

「アーメン」

阿部巡査が聞いたらどう思うかな。そう私は思ったが、まだやることが残っていた。

V

昼間は善男善女でにぎわっていたであろう屋内プールも、いまでは水をぬかれ、薄《はく》明《めい》のなか、水怪の棲《す》み家のように静まりかえっている。このプールの水は温泉熱であたためられているのだそうだ。

それがいきなり灯火に照らし出され、騒音につつまれた。「ダイちゃん」が地球人たちに追いかけられ、這《は》いながら逃げてきたからだ。

プールはドームにおおわれ、大小いくつものプール群から成っている。雪の巨人が追いこまれたのは、国際競技にも使われる（予定だった）五十メートル×二十五メートルのプールだった。

雪の巨人は、そこへ転落した。

ずしんとひびきがして、雪の巨人はドームを破壊し、プールいっぱいにはまりこんだ。やった、と、地球人たちの歓声があがる。

温水プールにはまりこんだ「ダイちゃん」は動けない。左右の腕を振りまわし、地ひびきのような声をあげるだけだ。完全にワナに落ちた。

「いいぞ、お湯をかけろ、どんどんかけろ」

新潟県警本部長が狂喜してはねまわる。

「見たか、日本には温泉という最強の兵器、ではない、防衛装備があるんだぞ。思い知ったか、思い知れ！」

彼の精神のバランスは、かなりあやしくなっていた。恐怖が反転して歓喜になり、それが度をこしている。

三本の巨大なホース、温泉源から湯をひいたホースが、雪の巨人に向けて熱湯を放射した。

巨人の頭が、胴が、濛々《もうもう》たる白煙とともに溶けていく。観物《みもの》ではあった。

「怪物の最期だ」

本部長よりはおちついた声で知事がいう。

涼子はじっとプールサイドをにらんでいたが、突然、私の肩をつかんだ。プールサイドの一角を指さして叫ぶ。

「そいつよ、逃がすな！」

とっさに私はヘルメットをぬぎ、不恰好にのろのろと這《は》って逃げようとする灰色のナメクジの上にかぶせた。そのまま押さえつける。

「でかした、サー・フランシス・ドレーク」

イングランド女王エリザベス一世の歴史上の台詞《せりふ》をマネして、私の上司はご機嫌だった。

「何なんです、こいつは？」

「そいつがダイちゃんの本体よ」

私だけでなく、周囲の全員が「えーッ」と叫んだ。

「名前は何ていうんです？」

「うーん、大雪ナメクジとでもしておくかな」

あいかわらず安直なネーミングだ。

「そんなことより、だれか、フタのついた容器を持ってきて。こいつを中に入れるから」

あわてて何人かが駆け出していく。彼らがもどってくるまで、私は、手袋をはめた手でヘルメットをおさえつけていた。力《りき》む必要はない、とわかっていても、つい手に力がはいる。

ほどなくもどってきた警官たちは、フタつきの小さなタッパを持っていた。涼子が合図する。私はかなり緊張しながら、そっとヘルメットをよける。警官のひとりが、パーティー会場から持って来たらしい箸で、大雪ナメクジをつまむ。タッパに放りこむ。パチンと音がしてタッパが閉じられた。

「よろしい、一丁あがり」

涼子がいうと、安堵《ホッと》した空気が一帯に流れた。

「きゃはは、つかまえちまったか」

調子のはずれた笑い声がして、私はおどろかされた。成田が手錠をかけられて立っている。この小悪党、生きていやがったのだ。成仏を祈ってやったりして損をした。

「生命があって、けっこうだな。ちゃんと罪をつぐなえよ」

「起訴にもなりゃしないと思うけどねえ、きゃはは」

「かってに思ってろ」

成田は返答しなかった。彼は行動で反抗をしめした。すぐ傍を、タッパを持った内閣官房副長官が通ったとき、いきなり細い脚をのばして、脚をひっかけたのだ。

「あッ」

副長官はよろめいた。あわてて何かにつかまって身体をささえようとするが、手に触れるものはない。副長官の身体は宙に浮き、万有引力にひかれて落下する。いきおいよく尻もちをついた。

「あいたた……！」

「ふ、副長官」

知事の声がひきつった。副長官の身を案じたからではない。副長官の重い尻が、大雪ナメクジをいれたタッパの上に落ちたのを見たからである。

「あなた、大雪ナメクジを押しつぶしてしまいましたよ！」

「えっ、わ、わわッ」

副長官は両手を振りまわし、肥《ふと》った身体を何とか持ちあげた。その下で、あわれ小さなタッパは、中身もろともひしゃげている。

「し、新発見が。世界的な新発見が……」

副長官は、身体に似あわぬ、かぼそい声をあげた。

「そんなナメクジ、最初からいなかったのよ」

涼子が突き放す。

「いったでしょ、すべて地震と雪崩のせいだって。それとも、新生物を殺してしまった責任をとらされたいのかしら」

「だ、だけど、新発見の功績が……」

「もうどうしようもないでしょ！」

「はい……」

副長官は、きわめて複雑な表情をした。打算の表情である。くらいつくように成田をにらんだが、あきらめがついたらしく、溜息をついて立ちつくした。

涼子が私を見やった。

「泉田クン、見てた？」

「見てましたよ」

「それで、どうするの」

「永遠の沈黙を守ります」

「よろしい」

涼子はスキーウェアのポケットからティッシュペーパーを取り出すと、雪の上でつぶれた大雪ナメクジの死骸をタッパごとつかみ、そのまま、プールにせまってきた火のなかに放りこんだ。

「はい、これで証拠湮滅《いんめつ》」

ぐるりと周囲を見まわす。彼女の視線を受けた人々の表情は、ていどの差こそあれ、百パーセント釈然としたものはひとつもなかった。かわりに安堵の色があった。輪をぬけて歩き出した涼子が、ちらりと私を見たので、私は追いかけた。肩をならべて歩きながら問いかける。

「結局、あの大雪ナメクジ、正体は何だったんです？」

「知らない。知りたくもないわ」

涼子は不機嫌に答えた。

「まあ妄想をたくましゅうすれば、どこかの次元か、宇宙の洼《くぼみ》からやってきたのかもしれない。コントロールできたら、すごい秘密生物兵器になったかもしれないけど、コントロールできないのは実証されてるしね」

「ですね」

成田はどうやってか、大雪ナメクジを発見し、それを利用してカジノの大金を強奪しようとしたというわけか。天才にしては雑すぎるが。

「泉田クン、スノーボール理論って知ってるよね」

「地球全体が、過去、何回か雪と氷のかたまりになったことがある、という説ですね」

答えてから、私は愕然《ぎょっ》とした。

「ま、まさか……」

「まさか、何よ」

「あなたは、もしかして、あの大雪ナメクジが……いや、いくら何でもそんなことは……」

「考えるだけなら、いいじゃないの。イグノーベル賞がほしかったら、証拠湮滅なんかしないわよ」

「そ、そうですね。で、これからどうなるんでしょ」

「救援を待ってりゃいいわよ。表面的な事実だけでも、世界的ニュースになるし、救援だけでなく取材も殺到するでしょ」

暗黒が濃い灰色にとってかわられた。とうとう夜が明けたのだ。ロンゲスト・ナイトの終わりである。しかし、天候は悪く、周辺の電線はみんな切れているので停電はつづき、明るいのは火事の炎だけだった。

それでも、涼子、由紀子、マリアンヌ、リュシエンヌ、岸本、私と、みな生命びろいをした。丸岡警部、阿部真理夫、貝塚さとみたちに報告するのが楽しみだ。後始末と功績は、別の官僚たちにまかせておこう。

「翠月荘にもどるんですか？」

私の問いに、美しい魔女は、大きく伸びをして応じた。

「さあ、温泉に浸《つ》かったあと、十時間ぶっつづけで眠るぞお！」

参考資料

※『死に山』ドニー・アイカー著／安原和見訳　河出書房新社

解説——白き魔女と回想録

みゆ（作家）

物心ついた時、私の家の本棚には田中先生の作品がズラリと並んでいました。十歳以上歳《とし》の離れたお姉ちゃんとお兄ちゃんが、田中先生の作品が大好きだったからです（特に兄が）。

当時、幼稚園児（六歳）の私にはその背表紙がキラキラ輝いて見えました。どの絵本よりもです。

しかし、幼稚園児の私にはハードルが高すぎました。漢字が難しすぎたのです。

いや、ガッツが足りませんでした。ガッツがあったら漢字の壁も乗り越えられたかもしれません。

しかし、ガッツが足りなかった私は、漫画版の『銀河《ぎんが》英雄伝説《えいゆうでんせつ》』を読むことにしました。

王子様みたいな金髪のクールな男の子ラインハルトくんと、アイスクリームみたいな不思議な名前の可愛《かわい》らしい男の子が友達になるお話でした。

六歳の私には二人がとても身近に感じられ、すんなり銀英伝の世界へ没入することができました。

そして、夢中でページを進めた先にいらっしゃったのが、私の運命の出会いとも言えるアンネローゼお姉様でした。

優しくてアップルパイを焼いてお友達に振る舞うアンネローゼ様は、私の憧れの女性像そのままでした。

そうだ！　アップルパイを焼こう！　アップルパイを焼ける女になろう！　と、幼稚園の年長さんだった私は謎の決心をしました。

心優しくお淑《しと》やかで、アップルパイを焼ける女の子、最高じゃないですか？　イケてる女性はアップルパイを焼けること！　と、心に刻んだ私は、更に物語を読み進めたのですが、なんと、アンネローゼ様は家族のために己を犠牲にして結婚してしまったのです。

ブチ切れましたね。ラインハルトくんと一緒に怒り狂いましたね。

お前はミューゼル家のなんなんだ!?　って感じですが、ただの凡骨《ぼんこつ》の一読者です。

その後、私はひたすらアップルパイを作る練習をしました。口の中にアンネローゼ様の作ったアップルパイの味があるからです（※食べたことはありません）。けれど、確かにこの舌にはラインハルトくん達と一緒に食べた、アップルパイの味を記憶しているのです。

シナモンがほんのり香る、焼き立てでサクサクで、林檎《りんご》が甘酸っぱいアップルパイの味が忘れられないのです。

そうして五年生になり、水滴石穿《すいてきせきせん》、ようやく銀英伝をなんとか読めるようになりました。

それでも、銀英伝は私にはとても難しく、何度も同じ場所を読み返し、巻数がなかなか進みませんでした。

そんな時、お兄ちゃんが『創竜伝《そうりゅうでん》』を買ってきたのです。

現代のお話だったので、五年生の私にはまだ理解しやすく、銀英伝はひとまず栞《しおり》を挟み『創竜伝』を読むことにしました。

『創竜伝』も、強烈に面白すぎて、夢中になりました。

中学に上がった頃、クラスメイトの女の子グループで四兄弟の推《お》しの派閥ができるほど、みんな『創竜伝』にハマってました。そして誰もが、茉理《まつり》ちゃんになりたいとねにしていました。

天真爛漫《てんしんらんまん》で明るく、強くて優しい茉理ちゃんにほとんどの女子は憧れていましたね。

その頃には『アルスラーン戦記』（安定の兄購入）も読み始めていて、充実した田中先生ライフを送っていたのですが、受験という魔物が私を襲ったのです。

結果、兄は母の命令でアルスラーンの新刊を隠してしまったのです!!（今考えると被害者は兄）

こんなことあります!?　新手の拷問か？

とてもショックで、今も当時のことを思い出すと苦しすぎて泣き出してしまいそうです。というか思い出したら少し泣きました。

お兄ちゃんが私に本を読ませないために、一巻と最新刊をを隠すという策を講じるのですが、イマジネーションで脳内補完してやりすごしていました（結果、全部隠されました）。

それから、もう勉強勉強！でした。

合格したら好きなだけ本を読んでいいよと、親から言質《げんち》を取り、地元で一番恐ろしいと言われる塾に叩《たた》き込まれました。講師が鞭《むち》を持っていて間違えるとしばかれるという（親の許可済）今の世なら大問題になりそうな塾でした。拷問官か？

でもラインハルトくんもお姉ちゃんを取り戻すために頑張ってるんだ！

あれ？　ラインハルトくんの命をかけた大義より、私の方がマシじゃない？　やれる！　やれますよこれ！　と。なんかやれる気がしてきました。

「よろしい、本懐である」

かくして、私は受験に打ち勝ちました。

合格祝いにお姉ちゃんがアップルパイを焼いてくれたのですが、それがまさに私が求めていたアンネローゼ様のアップルパイの味でした。

こんな近くにアンネローゼ様が‼

灯台下暗し。青い鳥は近くにいたのですね。

ラインハルトくんのお姉ちゃんのアップルパイの味。

私のお姉ちゃんのアップルパイの味。

結局、お姉ちゃんのアップルパイが弟妹にとって一番なのかもしれません。

時がすぎ、気がついたら私は作家の末席の末席の末席に身を置いていました。

そんなある日、今回の解説の件をいただいたのですが「あ。夢だ」と即座に思いました。

翌日、目を覚まし、「いい夢だったなー」と、太陽におはようを告げていると、担当さんから解説の概要メールが送られてきて、倒れました。

うおおお！　夢じゃなかったー!!

まず、お兄ちゃんとお姉ちゃんに電話をしました。

二人とも「え!?　えええ!?」しか言わないロボットになっていました。

次に、大学生の頃のバイト先の先輩に電話をしました。

『俺の中のＹＯＳＨＩＫＩは田中芳樹先生だ』と、当時語った先輩の名言は心に刻まれております。

「先輩！　た、たたた、たたた田中芳樹、せ、先生、の、し、新刊の、かかか解説書く！　ことに!!」

ラップか。と、冷静な己がツッコミをしましたが、クソデカ早口ボイスは、もう止められないのです。

「ママ、ママママ、マママママ？　あああのあのあああのあの、いい、いいいいい、いいいいいいい偉大な田中芳樹先生の、すごい、すご、すごごごごごご」

先輩は私以上のラッパーになっていたので、もしかしたらお互いラップバトルを展開していたのかもしれません。ライムもフロウもめちゃくちゃですけど。

そんな経緯で、『白魔のクリスマス　薬師寺涼子《やくしじりょうこ》の怪奇事件簿』の巻末解説という大役を務めることになったのです。

前置きがすごく長い。

嬉《うれ》しすぎて照れたり恥ずかしくなったり、申し訳なさすぎて家から逃亡したり、取り組むまでに時間がかかりました。ついでに情緒も逃亡しました。

結果、浮かれすぎて即日解説を書き上げてしまい（今読み返してます）担当さんがドン引きしそうな気がして締め切り直前に渡そうと思っています。好きって怖いですね。

容姿端麗《ようしたんれい》、頭脳明晰《ずのうめいせき》、氷肌玉骨《ひょうきぎょっこつ》を体現したかのような薬師寺涼子様を描いているのは垣野内成美《かきのうちなるみ》先生です。

実は、私のペンネームの「みゆ」は、垣野内先生の漫画『吸血鬼美夕《ヴァンパイアみゆ》』が由来の一つです（そして『吸血鬼美夕』をすすめてくれたのはお兄ちゃんです）。

なので、私の海外版の本の名前の漢字表記は「美夕」になっています。

ああ、もうこれは運命なんだなと、勝手に思い込んでおります。

まず、「白魔」という漢字を目にして、最初に思い浮かべたのは涼子様でした。

数回読み返した時に「いやいや、白魔は涼子様じゃないわ！」と、はっと気がついた程には、勝手にイメージが焼きついていました。

白色のスキーウェア姿の美しい涼子様は、ドラキュラのような魔物が避けて通る二つ名に相応《ふさわ》しく、私を魅了していたのです。

まさに「ドラよけお涼」、今作では「ダイよけお涼」。魔物すら凌駕《りょうが》する怪しい魅力が、雪に包まれたクローズドサークル状態なこの物語でも炸裂《さくれつ》するのです。

疾走感、爽快感、痛快感のある内容で、あっという間に読み終わりました。

私は雪国育ちなので、雪の恐ろしさは身に染みています。しかし、不思議と物語の中に不安感がないのです。

アンネローゼ様は儚《はかな》くも気高いイメージがあります。そして、茉理ちゃんは勝ち気で凜々《りり》しく、料理上手な女の子です。

そして、涼子様は守らなくても、誰かを待っていなくても、自分で切《き》り拓《ひら》く力がある女性です。

守るより、守りたい。なんなら守らない。

口だけではなく行動に移す、誰からも憧れる存在だと思います。

か弱いキャラもちろん可愛いです。守ってほしいタイプだって健気《けなげ》で素敵だと思います。

けれど、その中でも涼子様は今の時代を牽引《けんいん》しているヒロインな気がしました。自立していて、自分を持っていて、自由で。大人になった私が一番焦《こ》がれているものが、涼子様には完璧に備わっています。

アンネローゼ様、茉理ちゃん、涼子様……。

田中先生の描く女性は、性格も外見も全く違うのですが、芯は同じな気がします。なんというか、同性の私も惹《ひ》かれる田中先生らしい魅力があるのです。

当たり前ですが、私は私以外何者にもなれません。

私は個性というものが好きです。この世に一つしかない、誰かの個性は盗めない宝石のようです。

ですが、田中先生の描く女性は不思議と感化されてしまうのです。

それはきっと、魂があり、心があり、血が通っていて、憧れてしまう魅力があるからだと考えています。

幼い私は大人になりました。

大人になった私が憧れたのは、涼子様です。

どんな状況でも打破する、今回のような危機でもなんなら楽しむパワーがある、苛《か》烈《れつ》で素敵なひとです。

アンネローゼ様は、今も大好きです。できることなら守って差し上げたいです。

しかし、涼子様は見ていたい存在なんです。

涼子様、あなたの活躍を読み手として見られるのが、私にとっての僥倖《ぎょうこう》です。

雪に閉ざされた正体不明の化け物達に襲われる絶体絶命の中、不思議と恐怖はなくワクワクドキドキして、続きが気になり心が逸《はや》ったのは、間違いなく薬師寺涼子、その人が作中にいたからに他なりません。

守るのではなく、むしろ壊しにいく爽快感は、涼子様がいる話ならではのものです。

まさに、ドラよけお涼。

私のファーストインプレッションは間違っていなかったと思います。

『白魔』という存在。

読者のみなさんはどちらをイメージされたのか、とても気になります。

涼子様は、雪の中、確かにそこに立っていました。

物語を飛び越え、雪嵐の中、私の目の前に存在していました。

涼子様が颯爽《さっそう》と現れるシーンはいつも本から飛び出して、私の前にその長い足を惜しげもなく披露してくれます。

どこかに涼子様がいらして、通りすがり、目を奪われる。そんな光景がすぐに思い浮かびます。

ヒールを鳴らし、すらっとした美脚で軽快に歩く涼子様に、いつかお会いしたいです。

本書は二〇一八年十二月、祥伝社ノン・ノベルとして刊行されました。

|著者| 田中芳樹　1952年熊本県生まれ。学習院大学大学院修了。'77年『緑の草原に……』で第3回幻影城新人賞、'88年『銀河英雄伝説』で第19回星雲賞、2006年『ラインの虜囚』で第22回うつのみやこども賞を受賞。壮大なスケールと緻密な構成で、SFロマンから中国歴史小説まで幅広く執筆を行う。著書に『創竜伝』、『銀河英雄伝説』、『タイタニア』、『薬師寺涼子の怪奇事件簿』、『岳飛伝』、『アルスラーン戦記』の各シリーズなど多数。近著に『創竜伝15〈旅立つ日まで〉』などがある。

田中芳樹公式サイトURL　http://www.wrightstaff.co.jp/

白《びゃく》魔《ま》のクリスマス　薬師寺涼子《やくしじりょうこ》の怪奇事件簿《かいきじけんぼ》

田中芳樹《たなかよしき》

2022年4月15日第1刷発行

発行者――鈴木章一
発行所――株式会社　講談社
東京都文京区音羽2-12-21　〒112-8001
電話　出版（03）5395-3510
　　　販売（03）5395-5817
　　　業務（03）5395-3615

Printed in Japan

講談社文庫
定価はカバーに
表示してあります

KODANSHA

デザイン―菊地信義
本文データ制作―講談社デジタル製作
印刷―――株式会社KPSプロダクツ
製本―――株式会社国宝社

ISBN978-4-06-527613-6

講談社文庫刊行の辞

二十一世紀の到来を目睫に望みながら、われわれはいま、人類史上かつて例を見ない巨大な転換期をむかえようとしている。

世界も、日本も、激動の予兆に対する期待とおののきを内に蔵して、未知の時代に歩み入ろうとしている。このときにあたり、創業の人野間清治の「ナショナル・エデュケイター」への志を現代に甦らせようと意図して、われわれはここに古今の文芸作品はいうまでもなく、ひろく人文・社会・自然の諸科学から東西の名著を網羅する、新しい綜合文庫の発刊を決意した。

激動の転換期はまた断絶の時代である。われわれは戦後二十五年間の出版文化のありかたへの深い反省をこめて、この断絶の時代にあえて人間的な持続を求めようとする。いたずらに浮薄な商業主義のあだ花を追い求めることなく、長期にわたって良書に生命をあたえようとつとめるところにしか、今後の出版文化の真の繁栄はあり得ないと信じるからである。

同時にわれわれはこの綜合文庫の刊行を通じて、人文・社会・自然の諸科学が、結局人間の学にほかならないことを立証しようと願っている。かつて知識とは、「汝自身を知る」ことにつきていた。現代社会の瑣末な情報の氾濫のなかから、力強い知識の源泉を掘り起し、技術文明のただなかに、生きた人間の姿を復活させること。それこそわれわれの切なる希求である。

われわれは権威に盲従せず、俗流に媚びることなく、渾然一体となって日本の「草の根」をかたちづくる若く新しい世代の人々に、心をこめてこの新しい綜合文庫をおくり届けたい。それは知識の泉であるとともに感受性のふるさとであり、もっとも有機的に組織され、社会に開かれた万人のための大学をめざしている。大方の支援と協力を衷心より切望してやまない。

一九七一年七月

野間省一

講談社文庫 最新刊

輪渡颯介
髪追い
〈古道具屋 皆塵堂〉
酔った茂蔵《しげぞう》が開けてしまった祠《ほこら》の箱には、この世に怨みを残す女の長い髪が入っていた。

佐々木裕一
黄《よ》泉《み》の女
〈公家武者信平《のぶひら》ことはじめ(八)〉
獄門の刑に処された女盗賊の首が消えた!? 実在した公家武者の冒険譚、その第八弾!

岸見一郎
哲学人生問答
人生について切実な41の質問に『嫌われる勇気』の哲学者が明確な答えを出す。導きの書。

大倉崇裕
アロワナを愛した容疑者
〈警視庁いきもの係〉
10年前に海外で盗まれたアロワナが殺人現場で見つかった!? 痛快アニマル・ミステリー最新刊!

与那原恵
わたぶんぶん
〈わたしの「料理沖縄物語」〉
おなかいっぱい(わたぶんぶん)心もいっぱい。食べものが呼びおこす懐かしい思い出。

日本推理作家協会 編
2019 ザ・ベストミステリーズ
選び抜かれた面白さ。「学校は死の匂い」をはじめ、9つの短編ミステリーを一気読み!

講談社タイガ

森博嗣
リアルの私はどこにいる?
〈Where Am I on the Real Side?〉
ヴァーチャルで過ごしている間に、リアルに置いてきたクラーラの肉体《ボディ》が、行方不明に。

小島環
唐《から》国《くに》の検《けん》屍《し》乙《おと》女《め》
引きこもりの少女と皆から疎《うと》まれる破天荒な少年がバディに。検屍を通して事件を暴く!

なみあと
占い師オリハシの嘘
超常現象《オカルト》の正体、占いましょう。占い師の姉に代わり、推理力抜群の奏《かなで》が依頼の謎を解く!